W0220684

Autorenportrait: Maria Möller
Coverfoto: Michael Möller

Magic Melanie

Fast ein Märchen

Michael Möller

1 Erbengemeinschaft

"Philos!"

Melanie brüllte den Hund an und war einen Moment lang versucht, etwas nach ihm zu werfen. Der Retriever hatte mit den Jahren Eigenheiten angenommen, die sie nerven konnten. Jetzt kratzte er wie wild an der Tür zum Schlafzimmer ihrer Mutter, die sich hingelegt hatte.

Melanie hatte eine würzige Gemüse - Lasagne gekocht. Mama hatte auch davon gegessen, war dann aber ins Bad gegangen und hatte sich zielgenau übergeben. Das ging seit drei Wochen so. Mel war einmal dazugekommen und hatte gesehen, wie ihre Mutter sich den Finger in den Rachen steckte.

Doktor Ritter, der Hausarzt, sagte: "Die gnädige Frau wird gegen irgendwas protestieren, Mädchen. Schau, dass du rausbekommst, was es ist. Dann hört das sofort auf. Glaub mir. Ich kenn sie."

Heute war im Bad viel daneben gegangen. Der Protest wurde offenbar schärfer und stank zum Speien. Aber Mel hatte schon alles beseitigt und war anschließend im Ohrensessel eingeschlafen. Als sie Philos rumoren hörte, hielt sie noch den Ausdruck von der Ulmer Uni-Homepage in der Hand mit den Zulassungsbedingungen.

Sie sprang auf und hatte Mühe, den großen Kerl von der Tür wegzubringen. Er hatte ein paar Fransen vom Schlafzimmerteppich unter der Türkante erwischt und ließ nicht locker, knurrte, bis Mel die Tür aufmachte. Das Bett war leer, das Fenster offen. Mama saß im Nachthemd auf dem Fensterbrett, die Beine hingen draußen. In der linken Hand hielt sie einen Unterrock. Die Hand hing wie vergessen in der Luft.

"Was machst du da, Mama? Wie bist du da raus gekommen? Gib mir die Hand!"

"Ich? Hab ich vergessen. Wie kommt der Unterrock hierher? - Kannst du nicht Ordnung halten, Kind?"

Mel sagte dazu nichts, das hatte keinen Sinn. Sie half Mutter zurück ins Zimmer. Ein zerrissenes Nachthemd und ein angefressener Teppich - mehr Schaden war nicht zu beklagen. Warum große Worte machen.

"Nimm deine Tabletten, Ma, bitte."

"Red nicht wie mit einer Debilen, ja! Ich bin immer noch deine Mutter. Und wenn mein Fräulein Tochter gelegentlich mal die Fenster putzen würde, könnte ihre Mutter sich in Ruhe hinlegen." Sie nahm die Tabletten mit einem Schluck Wasser, das Mel bereitgestellt hatte. "Aber das Fräulein Tochter ist ja wohl was Besseres jetzt. Warte lieber ab, bevor du dich aufs hohe Ross setzt. Wer hoch steigt, kann tief fallen."

"Was du immer redest. Was meinst du denn? Wieso drohst du mir?"

"Glaubst du, ich kann nicht lesen? Opa hat dich als Erbin eingesetzt. Liest du deine Post nicht?" Damit nahm sie einen grauen Umschlag von dem Telefontischchen. Der Brief ging an Melanie, der Umschlag war grob aufgerissen worden. Mel sah ihre Mutter an und spürte eine starke Spannung im Nacken, entlang den seitlichen Sehnen.

Sie sagte nichts und las ihren Brief. Ein Anwalt aus Gambach teilte ihr mit, dass sie zum Kreis der Erben ihres Großvater gehörte, der vor drei Wochen gestorben war. Sie könne sich am Donnerstag in der Kanzlei einfinden; dort erführe sie dann Näheres.

"Der Brief ist an mich gerichtet, Mama."

Mutter war sich keiner Schuld bewusst: "Immerhin ist Belema mein Vater gewesen, da werd ich ja wohl das Recht haben zu erfahren, was er im Schilde führt."

"Ma, du hast ihn schon vor zehn Jahren für tot erklärt, weißt du das nicht mehr? Er durfte sich hier nicht mehr sehen lassen. Sei also jetzt nicht albern. Ein Schloss an der Loire wird's schon nicht sein. Du weißt doch, wie er gelebt hat. - Aber ich freu mich trotzdem."

"Wer zuletzt lacht, lacht am besten. Reisende soll man nicht aufhalten. - Wie kommt dieser Riesenköter ins Haus?"

"Dieser wunderbare Hund hat gerade verhindert, dass du aus dem Fenster fällst. Philos heißt er. Philos heißt Freund. Seit acht Jahren."

Mutter wandte sich ab und grummelte irgend etwas von "Erdgeschoss bloß..."

*

Alle hatten die Testamentseröffnung mit Spannung erwartet. So wie man auf der Kirmes auf das Losröllchen hofft und doch weiß: Leider verloren. Selbst wenn man gewinnt.

Außer dem naiven Onkel Harald glaubte niemand an plötzlichen Reichtum. Sie saßen in der schäbigen Kanzlei wie in einer Zahnarztpraxis. Das fadenscheinige Sofa und die müden Polstersessel hatten bessere Tage gesehen. Immerhin war die Tür zum Büro des Notars gepolstert mit weißem Leder und Polsternägeln aus verblassendem Messing. Die ausliegenden Zeitschriften verlockten niemanden hier zum Stöbern. Uralte Spiegel-Ausgaben und ein akkurat gestapelter Block aus Geo-Heften zeigten, wie die Welt vor fünf Jahren aussah. Da war Melanie fünfzehn und konnte endlich ihre Zahnspange im Garten vergraben.

Die kleine Gruppe wirkte nicht sonderlich nervös. Belema hatte keine Reichtümer gehortet, das war jedem klar, der ihn in den letzten Jahren gesehen hatte: Ein ziemlich heruntergekommener Schausteller mit dem ewig gleichen großkarierten, lächerlichen Anzug. Dazu die winzigen, wasserblauen Augen, die jedoch, das musste man ihm lassen, bis zuletzt neugierig und seltsam wissend blinken konnten.

Dass Belema so etwas wie einen letzten Willen zu Papier gebracht haben sollte, war für die Angehörigen erstaunlich genug.

Tante Jessica sah man die Vorfreude an: Sie saß ganz vorn auf ihrem Sessel und drehte ein rosa Taschentuch mit gesticktem Monogramm in den Händen. Wahrscheinlich glaubte sie, dass so ein Tüchlein ihre Trauerbereitschaft demonstrieren würde, doch ihre Augen blieben trocken, freuten sich auf die alberne Testamentseröffnung: Noch nach seinem Tod würde Belema sich lächerlich machen - ein Nichtsnutz bläht sich ein letztes Mal auf. Der Mann war zeitlebens eine Zirkusnummer. Der Dumme August.

Olaf wäre ohne sein Handy sicher nie gekommen, doch so könnte er dabei sein, wenn es vielleicht doch noch eine Kleinigkeit zu verscherbeln gab. Nur Onkel Harald war richtig nervös und machte angestrengt Konversation, "Wann haben wir uns eigentlich das letzte Mal in dieser Runde gesehen? Das muss ziemlich lange her sein, was?"

Melanie fühlte sich hier nicht wohl. Sie war einfach überrascht von der "Vorladung", wie sie es nannte. Die Verwandtschaft kannte sie nur flüchtig. Tatsächlich floh sie wann immer möglich, falls Verwandtschaft in Sicht kam.

Bis auf Onkel Harald waren sie nicht einmal bei der Beerdigung ihres Opas gewesen. Deshalb war es eine gute Bestattung geworden. Wenn es so etwas geben konnte. - Ein buntes Völkchen hatte sich auf dem städtischen Friedhof versammelt, Opas Kollegen und Freunde. Außer Mel war keiner in Schwarz gekommen. Es war ein kleiner, tapferer Umzug. Melanie hatte sich am Eingang ängstlich umgesehen. Durfte man so überhaupt einen Friedhof betreten?

Ein Clown nahm ihre Hand. "Du musst Melanie sein. Belema schwärmte oft von deinen Augen. Wir haben immer gedacht, er übertreibt. - Magst du meinen Koffer tragen? Ich bin Pippo. Komm."

Pippo drückte ihr ein schwarzes Köfferchen in die Hand. Er ging mühsam, zog das linke Bein leicht nach. Am Grab bat er Melly um den Koffer, nahm seine Trompete heraus und spielte etwas Herzzerreißendes von Jimmy LaRocca. Sein grüner Spitzhut sah dabei so komisch aus, dass Melanie spürte, wie ihre Tränen blockiert wurden. Als sie sich umsah und bemerkte, dass die anderen entspannte Mienen machten, kleine Erinnerungen an den Kollegen tauschten, da löste sich der Krampf in ihren Schultern. Sie konnte einstimmen in das Weißt-du-noch-Spiel, wenn auch ihr Erinnern nicht so weit zurück reichte wie bei Pippo, der mit Belema im Krieg gewesen war, bei der Truppenbetreuung in Norwegen.

Als sie später plaudernd und lachend durch das weiß verputzte Tor den Friedhof verließen, scherte sie sich nicht mehr um die dunklen, gebückten Gestalten, die bei der Friedhofsgärtnerei standen und ihre schwarzen Handtaschen fester packten, als fürchteten sie, das fahrende Volk mache sich sogleich über sie her. -

"Ich lade euch alle ein!" Onkel Harald riss Mel aus ihren Gedanken und holte sie zurück in diese angeschlagene Kanzlei. Sofort spürte sie ihre Schultern. Wenn das so weiter ging, bekäme sie in wenigen Minuten wieder diese grausamen Kopfschmerzen. Entspann dich, Kind, sagte sie sich. Entspann dich.

"Unten hab ich ein thailändisches Restaurant gesehen, ganz gemütlich. Ihr seid alle meine Gäste!"

Oh Harald, armer Onkel. Er verpulverte schon, was er noch gar nicht hatte. Was er nie bekommen würde. Er konnte einem schon leid tun. Niemand reagierte auf seine großherzige Geste. Jessica steckte betreten ihr Taschentuch ein, Olaf ging die Liste der letzten Anrufe auf dem Display durch.

Onkel Harald musste jetzt irgend etwas tun. Er zog tatsächlich sein Portemonnaie aus der Gesäßtasche seiner viel zu weiten Hose, und als er es in der Hand hielt, sah er nach, wieviel Barschaft er denn bei sich trug. Armer Onkel Harald, halt dein Geld beisammen, dachte Mel. Als hätte er ihre Gedanken gelesen, hob er beschämt den Hintern aus dem Sessel und schob das Etui in die Tasche zurück.

Mel bedauerte sehr, dass sie Philos zuhause bei Mutter zurückgelassen hatte. Sie hatte Sorge, dass der Hund die Hektik der Stadt nicht gut vertragen würde. Aber wie es aussah, war sie es, der die Aufregungen zu viel wurden. Der Schmerz begann immer im Nacken, tief unten, und kroch dann langsam höher bis zum Schädeldach. Jetzt machte er sich gerade auf den Weg. Mit Philos hätte sie sich prima ablenken können, und den anderen täte der alte Herr bestimmt auch gut. Es war ein Golden Retriever, der mit seinen acht Jahren genug von der Hundewelt gesehen hatte, um die Menschen in seiner Nähe beruhigen zu können. Ob er gerade Mama beruhigen konnte?

Sie war heute morgen schlecht dran gewesen und hatte das Frühstück nicht angerührt. Was sie jetzt wohl gerade anstellte? Jedenfalls war mit einem Haufen Arbeit zu rechnen, wenn diese Farce hier beendet war und Mel heimfahren könnte.

Als der Notar sich endlich ins Büro bemühte, fiel die Spannung auf den Gesichtern zusammen wie Hefeteig in Zugluft. Der Mann sah so furchtbar grau und verschlissen aus wie ein Autoverkäufer, dem die Firma seit Monaten Vorwürfe macht wegen der miserablen Abschlusszahlen.

"Dr. Abstoß." Mehr war von seiner Begrüßung nicht zu verstehen, die er mit einem winzigen Nicken begleitete. Nur Melanie grinste er kurz an und hielt den Blick dann eine Sekunde zu lang.

Mel kannte das schon, dieses Glotzen und Ringen, aber sie war immer noch die erste, die den Blick abwandte. Mama hatte oft genug staunend und warnend vor ihr gestanden. "Deine Augen, Kind, diese Augen! So blaue Augen, Kind! Die werden es dir einmal leichter machen im Leben. Oder viel schwerer."

Ach, Mama. Jedenfalls starrten immer alle ungläubig und suchten Hinweise auf gefärbte Kontaktlinsen oder sonst etwas Künstliches. Oder Übernatürliches. Mel fand sich ganz gewöhnlich. Das blonde Haar trug sie halblang, meist in der Mitte gescheitelt. Kein Makeup, nicht mal beim Abi-Ball. Als sie 12 war, hatte sie beschlossen, keine

Kleidchen mehr zu tragen. Auch heute war sie in Jeans und Pulli gekommen. Ganz gewöhnlich.

Der Notar nahm flink hinter seinem abgewetzten Schreibtisch Platz. Eine billige Unterschriftenmappe aus schwarzer Pappe, die an den Rändern schon ausfranste, öffnete er und blätterte wichtigtuerisch darin herum, obwohl nur ein einziger, reichlich zerknitterter Zettel darin lag, der auch noch Fettflecken zeigte. Abstoß hielt ihn mit spitzen Fingern vor seine Nase. Melanie überlegte, ob er daran wohl etwas riechen könne von Opa Bel.

So lange sie zurückdenken konnte, hatte er in seinem immer schon altersschwachen Zirkuswagen gelebt. Hier roch es nach Tieren und kaltem Zigarrenrauch. Mittags kam oft der klebrige Geruch seiner Kohlsuppe hinzu, und am Abend, wenn er von der Vorstellung zurückkam, wurde alles übertönt von seinem billigen Pitralon Rasierwasser. Sein Leben hatte er in diesen wenigen Duftwelten zugebracht. Artistenleben.

Opa mochte diese Berufsbezeichnung nicht, und Melanie hatte dafür gesorgt, dass in seinen Grabstein nur die Worte ‚Belema" und ‚Bändiger" eingemeißelt wurden.

Tante Jessica hatte nur gelacht: "Bändiger!", rief sie, "wen oder was hätte der je gebändigt? Der kriegte sich doch nicht mal selbst in den Griff!" Widerstand leistete sie jedoch nicht. Es war ihr nicht wichtig genug, und billiger wurde es so auf jeden Fall.

Belema war kein Bilderbuch-Dompteur, sah nie aus wie die beeindruckenden Mannsbilder, die Mel aus den Pixi-Büchlein kannte: Rotbackig und muskelbepackt, verkleidet wie ein südamerikanischer General, mit wuchtigen Epauletten und glänzenden Litzen.

"Talmi", sagte er nur, wenn man ihn darauf ansprach. "Damit kannst du gar nichts erreichen bei den Tieren. Und die Zuschauer, die sowas brauchen, sollen zum Teufel gehen. Oder zum Schützenfest."

Großvater hätte es sicher leichter gehabt im Leben mit so etwas wie den blauen Augen seiner Enkelin, oder mit einem pompösen

Aufzug. Es gab nicht viele Zirkusdirektoren, die seine Qualitäten richtig einschätzen konnten. Bellini in Wien hatte ihm zuletzt ein Gnadenbrot gegeben: Eine komische Nummer, bei der seine Gebrechen nicht hinderlich waren.

Nur Philos spürte in Belemas Gegenwart bis zuletzt den ungebrochenen Willen. Nie hatte Melanie bemerkt, wie die Verständigung zwischen den beiden ablief. Da waren keine großen oder kleinen Gesten, keine auffälligen Blicke und erst recht keine Worte nötig. Der Hund war völlig willenlos in seiner Nähe.

Dr. Abstoß putzte seine dicken Brillengläser so hingebungsvoll, als hoffe er, dass der schmuddelige Fetzen dadurch lesbarer würde.

"Die Anwesenden haben sich ordnungsgemäß ausgewiesen und sind vollzählig erschienen. Ich darf Ihnen zunächst mein tiefes Bedauern über den Tod..."

Er wirkte nicht sonderlich überrascht, als Tante Jessica ihn unterbrach:

"Ich denke, das können Sie sich und uns ersparen, guter Mann."

Der Notar blickte nur kurz über seine Brille hinweg auf Jessica, deutete sein Missfallen durch ein Zucken der Augenbrauen an, überging dann aber bereitwillig sein einstudiertes Präludium.

Melanie ertappte sich bei einem Anflug von Schadenfreude, als sie hörte, was die notarielle Singsangstimme endlich unter den Erben verteilte. Für sich selbst hatte sie keinerlei Erwartungen. Deshalb konnte sie genüsslich zuhören, wie Großvater aus seinem Jenseits kleine Bosheiten verlesen ließ.

Olaf, der schon die ganze Zeit etwas enttäuscht gewirkt hatte, weil sein Telefon ihn durch eindringliches Schweigen immer unwichtiger werden ließ, war ab sofort Besitzer eines Anleihepaketes.

"Meine Mutter hat mit ihren Spargroschen den letzten Krieg finanziert", las der Notar. "Bei deinem Talent, Olaf, selbst Mist zu Geld zu machen, wird es dir nicht schwerfallen, deine Ansprüche an

Vater Staat zu Geld zu machen." Melanie glaubte, Bels Stimme zu hören, wie sie sich über Olaf lustig machte. Die Anleihescheine waren schon zu Kriegszeiten das Papier nicht wert, auf dem sie gedruckt waren.

Olaf hatte kapiert. Er schnappte nach kurzem Zögern seine Mappe und stürmte aus dem Büro. Im Hinausgehen rief er Onkel Harald noch ein "Ich ruf dich an!" zu. Der aber war viel zu aufgeregt, um so schnell reagieren zu können.

Der Notar hatte sichtlich Mühe, Belemas kumpelhaftes Deutsch vorzutragen. Mit spitzem Mund las er: "Harald, alter Schwede! Jetzt bist du dran! Für dich habe ich etwas Besonderes: Meinen Wagen kannst Du haben. Sicher wirst Du ihn renovieren oder verbrennen. Nimm aber vorher das Plakat ab, das über meinem Bett hängt, hinter der Holzverkleidung. Es zeigt Mr. Frederick, den ich sehr bewundere. Du wirst einige seiner brillantesten Nummern darauf dargestellt sehen: Katzen und Hunde als" - der Notar las das nächste Wort sehr langsam "Equilibristen und Radfahrer; Haustiere, die eine Kutsche ziehen, und sehr viele Mäuse. Aus der Mitte blickt dich eine schwarze Katze an. Sie trägt eine Maus im Schnäuzchen, die wie tot aussieht. Drei andere putzen sich auf ihrem Kopf. Du wirst mir Recht geben: Die Katze hat Ähnlichkeit mit Jessica!" Ein prüfender Blick des Anwalts. "Was Dich aber wirklich interessiert: Das Plakat stammt aus der alten Friedländer-Druckerei und ist über 120 Jahre alt. Du wirst sicher ein Museum finden, das es dir abkaufen wird. Warte noch zwei bis drei Jahre damit."

"Na, immerhin!" Onkel Harald überspielte seine Verlegenheit nicht sehr geschickt mit einem gezwungen fröhlichen Tonfall, aber er hatte Sportsgeist genug, um nicht aus dem Zimmer zu rennen. Vermutlich interessierte ihn auch, wie die beiden anderen ausgehen würden. Auch Mel wollte jetzt wissen, was ihr Opa sich für Jessica ausgedacht hatte.

Eine Kristallkugel war es, "...in der ich schon so manches über dich lesen konnte. Vielleicht findest du ja auch etwas Interessantes darin. Konzentriere dich ganz feste, dann gelingt's! Ich hab's mal mit unserer

Nacht am Alpsee versucht, du weißt schon. Ich sah da Sachen, ich kann dir sagen. Eine tolle Sache, diese Kugel. - Ach ja: Wenn du meinen schwarzen Kater finden solltest behalt ihn bitte. Er wird dir gut stehen!" Aus dem Munde des Notars klang diese Spitze noch boshafter, als Belema sie je hätte aussprechen können. Tante Jessica war erstarrt und sprachlos. Das war das erste Mal, seit Mel sie kannte.

"Nun zu Dir, mein Kind." Der Notar nutzte die Gelegenheit, die junge Frau endlich in Ruhe zu mustern. Melanie musste kurz in die Runde blicken und entschuldigte sich mit einem verlegenen Lächeln für die freundliche Anrede. "Du erinnerst Dich bestimmt an meinen kleinen Kühlschrank? Den aus meinem Wagen. Wenn du mich besuchen kamst, hast du im Sommer immer eine Tafel Schokolade dort gefunden. Die mit den Mandeln mochtest du am liebsten, stimmt's? Du kannst den Kühlschrank einfach ausbauen. Ich weiß, dass du das schaffst. Ich sage dir: Alles, was Du brauchst, findest du darin. Und kümmere Dich bitte um meine Tiere. Keine Angst, sie sind sehr klein und genügsam, fast selbständig. Du wirst sehen. Aber schau genau. Allez hopp! Vergiß mich nicht. Ich liebe Dich, meine kleine große Mellie."

Melanie wurde rot und war ihrer Tante richtig dankbar, dass sie die Lage mit ihrem hysterisch-spitzen Lachen entspannte: "Einen Kühlschrank! Ich kann mir vorstellen, wie es da drin aussieht. Hoffentlich bist du nicht allergisch gegen Schimmelpilze!" Sprach's und raffte Mantel und Handtasche. "Viel Glück, mein Kind! Ich werde in Kürze mal einen Blick in deine Zukunft werfen. Ich werde die Kugel gleich mitnehmen. Ich ruf dich dann an, kleine große Mellie!"

Meine Güte, jetzt klang sie wirklich wie eine der Hexen auf den Märchencassetten, die Mutter manchmal hervorkramte und dudeln ließ.

Melanie wußte nicht, was sie mit dem winzigen Kühlschränkchen anfangen sollte. Das sah nur nach Arbeit aus. Aber was hatte sie erwartet? - Allez hopp.

2 Kümmernisse

Mutter hatte inzwischen alle Gardinen abgenommen, auch die vom Flurfenster, das man nur erreichen kann, wenn man die Leiter auf die vierte Treppenstufe stellt. Sie lagen auf einem Haufen in der Küche, und Philos hatte sich ein Plätzchen darauf eingerichtet. Unschuldig blickte er Melanie an, lenkte mit ruhigem Blick ab von den Fetzen, in die er die Küchengardinchen verwandelt hatte. "Das war aber mal nötig", stöhnte Mutter und streute aus einer Tüte ein blaues Pulver über die vergilbten Stores aus dem Wohnzimmer. Mutter hatte sich vor drei Jahren das Rauchen angewöhnt.

"Bitte, Mama, was tust du? Gleich wirst du noch Wasser auf die Gardinen schütten!"

"Unsinn. Das ist ein Trockenreinigungsmittel. Laß mich nur machen. Wenn du nur mit dem Hund noch etwas rausgehst."

Melanie musste die Arme sehr weit machen, um den staubigen Wäscheberg zu packen. Philos hatte sich sicherheitshalber verzogen. Auf dem Weg in die Waschküche verlor sie mehrere Stücke und ärgerte sich, dass sie den Weg noch einmal machen musste.

"Soll ich dir helfen?" rief Mutter aus der Haustür. Sie hatte die Leiter unterm Arm und versuchte, damit um die Ecke zu kommen. Ein Topf mit Duftgeranien wurde Opfer dieser Aktion und verteilte seine krümelige Erde auf dem Flurteppich.

"Bitte nicht, Mama. Es geht schon."

Vor der Waschmaschine saß Philos und machte sein Wollen-wir-nicht-endlich-hier-raus?-Gesicht. Melanie machte es nach, so gut es ging, und als Philos nicht gleich verstand, sagte sie entschieden: "Ja! Wir wollen endlich hier raus!" Sie ging in die Hocke und presste mit dem Po die Waschmaschinentür hinter dem Wäscheknäuel zu. Das richtige Programm wählte sie wie im Schlaf. Philos kratzte behutsam, aber unüberhörbar an der Kellertür, die in den Garten führte. Draußen war es bereits dunkel geworden. Niemand raffte sich auf, eine Beleuchtung für die Treppe installieren zu lassen. Wenn Vater noch da wäre, hätte er das längst erledigt.

Melanie stieß die Trauer, die sie manchmal wie ein Panther aus dem Nichts ansprang, mit einem Seufzer von sich. Sie kannte jede einzelne dieser Stufen, hatte sie schon oft von Herbstlaub, Schnee und Moos befreit. Sie sprang hinter Philos her und war schon auf der letzten Stufe, als sie einen Fuß auf etwas Weiches setzte, das erbärmlich aufjaulte. Philos hatte sich vor Schreck flach auf den Boden gelegt, denn er hatte jemand im Garten ausgemacht, den er nicht erkannte. Melanie sah den schwarzen Umriß einer menschlichen Gestalt, der sich von der Wand der kleinen Scheune abhob, in der die Ponies standen. Sie kannte diesen Umriß und war nicht überrascht, als sie Juro an seiner kehligen Jungenstimme erkannte: "Wo warst du? Ich warte seit Stunde hier."

"Du hast doch wohl meine Mutter nicht belästigt!" Mutter hatte Angst vor ihm. Er war sehr groß für seine dreizehn Jahre, und seine dunklen Haare und Augen schüchterten sie ein. Vor allem aber die fanatische Hartnäckigkeit, mit der er um Melanie herumschlich, hatte sie vorsichtig gemacht. Mamas tägliche Warnungen hatten einen anderen Klang, seit Juro hier aufgetaucht war: "Geh nicht im Dunkeln auf die Straße, Kind! Nicht allein!"

Immer wenn er anrief und Melanie nicht schnell genug am Telefon war, nahm Mama ab und erschrak jedesmal heftig. "Der hat keine gute Stimme, Kind." Sie konnte dann oft die ganze Nacht nicht schlafen und geisterte durchs Haus. Noch nie hatte sie ein Telefon einfach klingeln lassen können. "Ich warte im Garten. Komm bald." Juro schnippte mit den Fingern, Philos lief zu ihm und legte sich zu seinen Füßen. Juro machte keine Anstalten, ihn weiter zu begrüßen oder zu kraulen, er hielt seine Augen starr auf Melanie gerichtet.

Melanie raffte sich auf: "Ich will nicht, dass du mir hier auflauerst."

Sie versuchte streng zu wirken, hörte ihrer Stimme aber sofort an, dass sie gescheitert war. Ihr Mitleid war größer als die Furcht, die sie auch spürte, aber zu beherrschen versuchte.

Juro war mit seinen Eltern aus Rumänien gekommen und vor zwei Jahren hierher gezogen. Seine Eltern hatten in einer Ziegelei Arbeit gefunden. Er war noch nirgendwo länger als drei Tage zur Schule gegangen. Er zog seit Monaten mit einem jungen Schäfer durchs Land, dem er zur Hand ging, wenn er wollte. Mit Tieren verstand er umzugehen, und er brauchte nicht mehr als einen Schlafplatz bei den Schafen und Hunden. Seine Eltern hatten nie ernstlich nach ihm gesucht, sonst hätte sie ihn sicher leicht gefunden. Als Melanie einmal versucht hatte, mit dem Vater zu reden, tat er, als verstehe er sie nicht. Sehr freundlich war er und bot ihr Tee an. An den Wänden der 5-Zimmer-Wohnung sah sie kein Bild von Juro, nur eine ölige Berglandschaft. - Verdammt, sie konnte sich nicht auch noch um streunende Jungen kümmern! Natürlich gefiel es ihr, das jemand um sie bemüht war, aber in ihrem Herzen war kein Platz für diesen Jungen vorgesehen, der noch ein Kind war und doch schon so viel gesehen hatte..

"Ich will dich nur sehen. Geh mit mir weg. Du gefällst mir so." So viel hatte Juro noch nie auf einmal gesagt, auch nicht am Telefon. Seine Anrufe waren eher ein Schweigen, das von kurzen Worten unterbrochen wurde. "Magst du mich nicht?"

Melanie nahm alle Kraft zusammen: "So geht das nicht, Juro. Ich muss mich um meine Mutter kümmern. Ich habe nichts gegen dich, aber ich kann mich nicht vierteilen. - Du machst mir Angst. Wenn du mich magst, lässt du mich in Ruhe. - Komm, Philos! Wir gehen ins Haus."

Der Hund machte keine Anstalten zu folgen. Er hatte seine Geschäfte auch noch nicht erledigt, aber das konnte er schließlich allein.

"Dann nicht." Melanie ging die Treppe zum Waschkeller hinunter und schloß die Tür hinter sich zu. Sie wußte, Juro würde heute Nacht wie so oft schon hinter der Scheune schlafen, auf dem alten Leiterwagen. Und Philos würde bei ihm liegen, bis morgen früh.

*

Melanie hatte in dieser Nacht kaum Schlaf gefunden. Mutter war einige Male aufgestanden, um "nach dem Hund zu sehen", wie sie sagte. Sie spürte wohl auch, dass da jemand im Garten war. Melanie musste dann jedesmal aufspringen, denn Mama war in diesem Zustand unberechenbar. Einmal wäre beinahe das Haus abgebrannt, weil sie nachts unbedingt bügeln musste und das heiße Eisen in den Papierkorb gestellt hatte. Heute nacht ließ sie sich willig beruhigen und ins Bett zurückbringen.

Der folgende Tag begann mit einer kalten Sonne, die in Melanies Zimmer schien und sich dort umsah: Ein Jungmädchenzimmer mit abgegriffenen und zerzausten Stofftieren und einigen Postern, auf denen ruhige Stuten mit ihren wackligen Fohlen zu sehen waren. Ein Zirkusplakat hing über ihrem aufgeräumten Schülerschreibtisch. Der Zirkus Olfetti warb mit Riesen-Attraktionen. Ganz klein war da auch von Belema zu lesen. Im Regal zwei Ausgaben von "Wir Mädchen". Eine Pinwand mit Fotos. Eines davon hatte sie mit rotem Faden umstickt. Es zeigte sie mit Papa und Mama. Vater sah man von schräg hinten. Er hatte das Bild mit dem Selbstauslöser gemacht und war nicht schnell genug zu der kleinen Bank gelaufen, auf der sie Picknick gemacht hatten. Selbst-Auslöser. Das Foto wirkte manchmal wie eines dieses Kipp-Bilder. Wenn man lange genug draufschaut, verändert es sich plötzlich. Dann vermochte Mel nicht zu sagen, ob Papa zu ihnen gerannt kam oder ob er im Begriff war davonzulaufen.

Der Terminkalender bestand aus einer nur für Melanie verständlichen Zettelsammlung. Er sah für heute zwei Aktionen vor: Mit Onkel Harald zum Wagen. In Klammern dahinter: Kühlschrank! Durchgestrichen war der Eintrag: "Zeugnis beglaubigen lassen und an

Zulassungsstelle schicken". Das hatte sie schon dreimal verschoben. Und das Zimmer in Ulm war sicher längst weg. Wenn sie nicht bald etwas für sich tun konnte, würden andere ihr Leben bestimmen. Sie spürte das ganz deutlich. Da waren immer mehr Menschen, die wollten, dass sie etwas Bestimmtes tue oder lasse. Und jetzt musste sie diesen blöden Kühlschrank abholen. Von Opas Tieren ganz zu schweigen. Warum hatte sie diesem schleimigen Notar nicht gesagt, dass sie das blöde Erbe nicht annimmt! Aus Trotz wahrscheinlich, und weil sie der Tante den Triumph über Bels große Worte nicht gönnen konnte.

"Kommst du?" rief es von unten. Mutter hatte Frühstück gemacht, jedenfalls duftete es schon nach Kaffee. Den konnte sie wirklich gut kochen.

"Ja, Mutter, bin gleich fertig." Sie huschte ins Bad und wusch sich nicht besonders gründlich, denn sie rechnete damit, dass es viel Drecksarbeit in dem alten Wohnwagen geben würde, zog die zerschlissenen Jeans und einen alten Pulli von Vater an. Er roch immer noch nach ihm. Melanie hatte es verstanden, ihn an jeder Wäsche vorbeizumogeln.

Sie sprang die schmale Treppe hinunter in die Küche. Der Kaffee war wieder gelungen, und den Tisch brachte sie unauffällig in Ordnung. Die Tassen standen verkehrt herum auf zwei Gläsern. Das Brot hatte Mutter in winzige Dreiecke geschnitten. Melanie ging darüber hinweg und freute sich, dass Mutter ausgeruht wirkte. Wie machte sie das bloß, nach so einer Nacht? "Ich werde heute den Boiler reparieren. Hab mir schon das Werkzeug zusammengesucht." Mutter wies mit dem Kopf auf eine Schüssel, in die sie alle ihre Lockenwickler gesammelt hatte.

"Warte doch, bis ich zurück bin, Mutter! Ich kann dir helfen, aber erst muss ich mit Onkel Harald zum Wohnwagen. Das dauert sicher nicht lange.

"Dann grüß doch Opa Bel von mir, ja?"

"Opa ist tot, Mutter. Ich hol nur seinen Kühlschrank ab und sehe, was aus den Tieren wird. Was sind das überhaupt für Tiere, hast du eine Ahnung? Er hat doch zum Schluß gar keine Dressur mehr machen dürfen."

"Von Mäusen und Menschen, von Menschen und Mäusen, von Mäusen und Menschen..."

"Bitte, Mutter, hör auf. Nicht beim Frühstück!" Wenn man sie nicht unsanft aus ihren Wortspielen befreite, konnte sie Stunden damit zu bringen. Dafür hatte der Arzt neulich ein Wort benutzt, das ihr jetzt nicht einfallen wollte. Vielleicht wäre das Herumbrabbeln aber besser gewesen, als sie den Boiler reparieren zu lassen. Aber Melanie hatte jetzt nicht die Nerven für Mäuse und Menschen. Und einen Boiler besaßen sie sowieso nicht.

Sie hätte gern ein Brot mitgenommen, aber die kleinen Stückchen wußte sie nicht unterzubringen. Sie stopfte sich eine Handvoll in den Mund, spülte mit dem heißen Kaffe nach und war schon aus dem Zimmer, um in die Stiefel zu kommen.

"Nimm Philos mit, er freut sich immer so, wenn er Opa sieht!"

"Mir wäre es lieber, er würde hier auf Dich aufpassen. Aber meinetwegen. Bis bald! Ach ja, geh besser nicht ans Telefon. Juro ist wieder da."

Mutter antwortete nicht. Sie würde jedesmal abheben und Juros Flehen ertragen müssen. Melanie malte sich aus, was sie bei ihrer Rückkehr erwarten würde. Oh Gott!

Philos war nirgends zu sehen. Auf dem Leiterwagen lag nur die graue Pferdedecke. Sie war kalt wie der Morgen. Der Hund würde sich schon Einlaß verschaffen, wenn er Hunger hätte.

Onkel Harald erwartete sie schon und betätigte sich unter vollem Körpereinsatz als Einweiser, damit Mel mit ihrem rostfarbenen R4 auf dem schmalen Streifen neben dem Wohnwagen parken konnte. Er gab erst Ruhe, als das Auto genau parallel zur Seitenwand des Anhängers zum Stehen kam. Nein, er traute ihr wohl nicht viel zu. Ganz ernst blieb er dabei. Vermutlich war ihm die ganze Sache sehr peinlich. Sonst wäre er sicher auch schon hineingegangen.

"Hast du einen Schlüssel?" fragte er statt einer Begrüßung.

"Hier brauchst du keinen Schlüssel. Guten Morgen." Melanie ging sicher über die glitschigen Bohlen, die jemand vor die Treppenstufe gelegt hatte. Vom Zirkus interessierte sich niemand für das alte Gefährt, und das Ordnungsamt hatte darauf bestanden, dass es "umgehend entfernt" würde. Auf dem letzten Standplatz hatten die Planierraupen mit den Arbeiten für den Lidl-Supermarkt begonnen.

So sehr verrückt sah der Wagen hier in Honscheid gar nicht aus, denn die verwitterten Farben hielten sich dezent zurück. Gerlind, eine Freundin, die zwei Pferde bei Melanie untergestellt hatte, war sofort bereit, den Wagen oberhalb des kleinen Fischteiches unterzustellen. Hier war er zum Haus hin von einer Fichtenreihe abgedeckt, die mal jemand in Heckenform geschnitten hatte. Die Fichten hatten mehr Geduld als der Gärtner und trieben selbstbewußt in den aprilblauen Himmel.

Als Melanie die Holztüre öffnete, hielt sie einen Moment lang inne, um sich an die Gerüche zu erinnern, die sie erwartete. Manchmal meinte sie, ihre Nase sei empfindlicher und genauer als ihre Augen. Aber Onkel Harald stolperte ihr in den Rücken.

"Entschuldige."

Melanie nahm den Geruch von billigem Weinbrand auf. Er kam von ihrem Onkel. Zuerst wollte sie sich darüber ärgern, aber als ihr dann der Gestank aus dem Wageninneren die Luft nahm, hätte sie gern einen Schluck aus Onkels Flachmann genommen. Sie seufzte nur, holte dann Luft und trat ein. Sofort stieß sie das kleine Fensterchen auf, dessen Rahmen von der Feuchtigkeit aufgequollen war. Onkel Harald wedelte mit der quietschenden Holztüre, um den Gestank schneller zu vertreiben.

Melanie drückte sich an ihm vorbei zurück ins Freie, bis auf das

Treppchen. Ihr war schlecht. Drinnen stank es nach Aas und altem Mist.

Von draußen sah sie, dass ihr Onkel entschlossen Luft holte und sich an die Arbeit machte: Zielstrebig ging er zu der einfachen Schlafstelle und versuchte, die Bretterverschalung dahinter mit bloßen Händen abzureißen. Dabei fielen die meisten der dort angepinnten Fotos und Briefe auf das ausgebleichte Bettzeug, das einmal blauweiß kariert gewesen sein musste. Auch auf dem Boden lagen jetzt Fotos im Staub. Die Bretter aber hielten stand. Onkel Harald fluchte und hastete hinaus, eine Werkzeugtasche aus seinem Auto zu holen.

Melanie traute sich jetzt ins Innere und bückte sich, um die Bilder und Zettel zu retten. Eines zeigte sie auf dem Schoß ihres Opas, der in einem eindrucksvollen blauen Kostüm vor seinem Wagen saß. Melanie sah direkt in die Kamera. Wer hatte eigentlich das Foto gemacht? Sie hatte es vergessen. Ihre blauen Kinderaugen sahen sie an und schienen eine Frage zu stellen, aber bevor Mel sie richtig hören konnte, war Onkel Harald zurück und machte sich mit einem dicken Schraubenzieher an der Verschalung zu schaffen.

Melanie stopfte sich die Andenken unter den Pulli und klemmte sie mit dem Gürtel fest.

Mit dem Werkzeug ging es sehr rasch. Die Bretter waren spröde. Sie hatten der Feuchtigkeit trotzen können. Dahinter kam tatsächlich ein Plakat zum Vorschein, mit Kreppstreifen befestigt, die ihr Onkel sehr vorsichtig ablöste. Mit dem Erbstück ging er hinaus, weil es ihm im Wagen nicht hell genug war. Melanie sah nicht genau hin. Nur die alles beherrschende Katze in der Mitte war nicht zu übersehen. Das Mädchen hörte nur noch das Knistern und Knacken, das entstand, als Onkel Harald das staubtrockene Plakat einrollte, während er schon fluchend zu seinem Wagen ging.

Dann sah sie die Tiere. Sie hatte mit allem gerechnet, mit Hunden und Katzen, mit Tigern und Elefanten. Tatsächlich hatte sie heute Nacht von einer Herde Dickhäuter geträumt, die sie dazu bewegen musste, auf winzige Schemel zu klettern. Sie hatte sich schon Platz schaffen sehen in der kleinen Scheune, wollte die Gastpferde ausquartieren oder anbauen.

Das alles würde absolut nicht nötig sein. Eine Mäusefamilie hockte etwas eingeschüchtert, aber immer noch neugierig genug in der hinteren Ecke des Wagens, wo es recht dunkel war. Durch die offene Tür fiel ein Lichtschein auf die pelzige Gruppe. Melanies erster Impuls war, auf irgend etwas in diesem stickigen Wagen zu klettern. Das hatte sie schon so oft im Fernsehen gesehen, dass sie es beinahe für angebracht hielt. Der zweite Gedanke war, sie aus dem Wagen zu scheuchen, weil sie dachte, sie hätten sich erst kürzlich hier eingenistet und würden nun die kümmerlichen Reste von Opa Bels Besitztümern anfressen. Sie griff nach einem der schmalen Bretter, die auf dem Brett verstreut lagen. Als sie sich den Tieren näherte, merkte sie, dass sie keinerlei Scheu zeigten. Sie zuckten ein wenig zurück und schienen sich zu ducken, aber ein Fluchtimpuls war das auf keinen Fall. Melanie musste lachen, als sie bemerkte, wie sie fast minutenlang sich so gegenüber standen. High Noon. Albern war das.

Nein, das waren keine obdachsuchenden Feldmäuse! Sie waren offensichtlich an die Gegenwart von Menschen gewöhnt, guckten aufmerksam und beinahe klug aus ihren Knopfaugen. Mel wurde klar, was das bedeutete: Diese Tierchen gehörten zu Belemas Truppe!

Mein Gott - Mäuse! Mäuse?

Wie hält man denn Mäuse? Und warum? Sie legte ihre Waffe zur Seite und setzte sich auf den Hocker, der neben dem Wandtischchen stand. Nach dem Warum hatte sie nicht zu fragen. Es war Opas Vermächtnis. Punkt. Und sie wollte ihr Erbe antreten.

Sie wusste nicht genau, weshalb sie jetzt leise seufzte. Das war es jetzt also. Eine regelrechte Bruchbude war die ganze Hinterlassenschaft eines Künstlerlebens. Na super! Ich werde jetzt einfach abwarten, was passiert. Wenn die Tierchen aus freien Stücken den Wagen verlassen und das Weite suchen, kann ich sie leider nicht aufhalten. Will ich sie nicht aufhalten. Mel wollte ehrlich bleiben.

"Also bitte, meine Herrschaften, wenn Sie mich jetzt meine Arbeit machen lassen wollen?!" Sie wandte sich entschlossen von dem kleinen Tier-Stillleben ab.

Vielleicht barg der Kühlschrank ja noch den verborgenen Schatz. Ein Schokolädchen für das Mädchen? Ausbauen musste sie ihn auch noch selber. Ach, Opa.

Wenn danach die Mäuse immer noch da wären, fiele ihr schon etwas ein.

Ein Kühlschränkchen, mehr war es ja nicht, aber dieses knapp 50 Zentimeter hohe Kästchen war ein ausgetüfteltes Einbaumodell. In diesen Wohnwagen musste mit jedem Millimeter Raum gerechnet werden. Ohne Werkzeug war da nur schwer etwas zu machen.

"Onkel Harald!" Seine Werkzeugtasche war ihr eingefallen. Statt einer Antwort hörte sie das Geräusch eines anfahrenden Autos. Melanie musste nicht bei der Tür hinausschauen, um zu wissen, dass es der Passat ihres Onkels war. Typisch! Herkommen, abräumen, den Dreck liegen lassen und wortlos verduften.

"Ich liiiiebe meine Familie!" schrie sie ihm nach. "Wenn man euch braucht, seid ihr nie da! Und wenn ihr was braucht, wird man euch nicht mehr los!" Sie rief aus dem kleinen Fenster. "Ich will dich nie mehr sehen!" Knallte den Fensterladen zu. Schnaufte. Wunderte sich: Sind das die Mondphasen? Kriegte sie ihre Tage? So leicht war sie doch nicht aus der Ruhe zu bringen! Was hatte sie sich im Ernst vorgestellt? Onkel Harald besaß nun, was er wollte, was ihm zustand. Er war nicht der Mann, der andere danach fragte, ob sie seine Hilfe brauchten. Und bevor sie ihn um etwas bitten konnten, war er meist verschwunden.

Melanie durchwühlte die kleinen Schubladen in dem selbstgebauten Schrank, der durch eine Plastikvase mit zwei Plastiktulpen in den Rang eines Wohnzimmerschranks erhoben werden sollte. Vergeblich. Sie fand einen Schraubenzieher mit verbogener Klinge zwischen mürben Gummiringen,

Rabattmarkenheftchen aus den 5oern und einem Teesieb. Er hatte einen Holzgriff, der erkennen ließ, dass er seltener als Schraubenzieher denn als Meißel benutzt worden war. Die Schrauben, mit denen der Kühlschrank verankert war, waren jedoch so grob, dass Mel keine große Mühe hatte, sie zu lösen. Sie suchte nach dem Stromanschluß und fand stattdessen hinter einer Blende am Fuß des Geräts ein Ventil und eine fadenscheinige Gasleitung. Auch das noch! Sie hatte eine panische Angst vor Gasöfen, sogar vor den gasbetriebenen Campingleuchten mit den blauen Kartuschen. Und Gas hatten sie zuhause so wenig wie einen Boiler. Sie kam sich reichlich verarscht vor. Nehmen Sie das Erbe an? Das war doch nicht die Frage! Bauen Sie das Erbe aus? Verschrotten Sie das Erbe gemäß der Schadstoffverordnung? Füttern Sie Ihr Erbe ein Mäuseleben lang? Ja-ja-ja, verdammt!

Sie folgte der Gasleitung mit den Augen und konnte sich schließlich draußen, oberhalb der Deichsel des Wagens, überzeugen, dass keine Gasflasche ans System angeschlossen war. Sie dachte dabei an die Bilder, die vor einigen Tagen im Anzeigenblatt zu sehen waren. Eine Gasexplosion zerstört mühelos ein Mehrfamilienhaus. Sie dachte an Mutter. Auf einem alten Hof gab es tausendundeine Möglichkeit, gefährlichen Unsinn zu treiben. Irgendwie gab es ihr immer ein wenig Sicherheit, Philos in ihrer Nähe zu wissen. Er vertrat für sie so etwas wie eine natürliche Vernunft. Er tat nie etwas, was ihm schaden könnte. Hoffentlich war er inzwischen wieder bei ihr. Drinnen brach sie die dünnen Gasrohre einfach ab, was leichter ging als bei Hühnerknochen. Überrascht und verärgert war sie vom Gewicht des Apparates. Oh, Onkel Harald! Gute Fahrt, Alter! Mit großer Mühe nur konnte sie das Gerät bis zum Auto schleppen und schonte es nicht dabei. Wie eine Leiche, schoss es ihr durch den Kopf. Ihr Opa war ein verrückter Kerl gewesen. Liebenswert, diese verrückten Kerle. Aber wenn Verrückte so viel Mühe machen, stößt die Liebe an Grenzen.

Der R4 ging hinten mächtig in die Knie, aber sie war stolz auf ihr praktisches Gefährt. Sicher wäre der Umzug nach Ulm kein Problem damit. Den Wohnwagen noch verschließen! Sie brachte es nicht über sich, ihn offen stehen zu lassen, wie Opa das immer tat. Sie ging zurück und wollte sich zwingen, die Mäuse zu vergessen. Wieso schaffte sie sowas nie? Etwas vergessen, einfach so! Ein bisschen was von Onkel Harald hätte sie doch gern gehabt! Der Herrgott hatte vergessen, sie mit den ortsüblichen Scheuklappen auszustatten. Blickwinkel 360 Grad. Wie die Fliegen. Sie hoffte inständig, dass sie die Tierchen nicht mehr antreffen würde.

Und wirklich: Die dunkle Ecke war leer! Kluge Tierchen. Haben gemerkt, dass sie nicht so sehr willkommen sind. Melanie sah noch einmal flüchtig, sehr flüchtig überall nach, schloß aber dann die Wagentür. Ein Schlüssel war nirgends zu finden. So genau mochte sie nicht nachschauen. Womöglich hätte sie dann das Mäusenest aufgestöbert. Schnell weg hier.

Auf dem Weg zum Auto fühlte sie sich beobachtet. Das passierte immer, wenn sie etwas tat, was man nicht von ihr erwartete, was sie selbst vielleicht nicht ganz in Ordnung fand. Wer da nun saß und ein Auge auf sie warf, wusste sie nie. Ein bisschen Ähnlichkeit mit ihrem Opa hatte die Gestalt vielleicht.

Melanie verscheuchte die Gedanken und setzte sich trotzig-schwungvoll in ihr Auto. Auf dem Beifahrersitz hatte es sich eine fünfköpfige Mäusefamilie bequem gemacht. Die drei Kleinen schliefen. Zwei größere Exemplare saßen richtig ordentlich in Fahrtrichtung. Die Maus mit den längsten Bartspitzen wisperte: "Nun fahr schon los!"

3 Durchgebrannt

"Ich werde noch wahnsinnig!" schrie Mel. Es klang enttäuschend dumpf im Auto. Sie wollte das Fenster runterkurbeln, tastete an der Tür, fand aber keine Kurbel. Sie war wieder einmal abgefallen.

Wütend beugte sich Mel während der Fahrt bis zur Beifahrertür und drehte dort das Fenster einen Spalt herunter. Wollte nochmal schreien, kam sich aber zu blöd dabei vor. Warf nur den Mäusen einen bösen Blick zu und fuhr weiter, die Hände jetzt fest ums Lenkrad geklammert.

Ich höre Stimmen, dachte sie. Ich fahre kaputte Gaskühlschränke und eine Horde Bonsai-Ratten durch die Gegend. Ich fahre nach Hause und weiß, dass dort noch mehr solche Erbstücke auf mich warten. Ich komme nicht dazu, diese blöde Kurbel festzuschrauben. Ich habe nix als ein Papier, dass mir meine Reife bescheinigt, und will in einem Monat auf eigenen Füßen stehen. Ich trage an jedem Fuß eine Eisenkugel, die jeden Tag schwerer wird. Und es ist überhaupt nicht kindisch, hier zu schreien.

Und sie schrie. Schrie wie am Spieß. Die Tränen traten ihr in die Augen. Sie konnte die Straße vor sich nicht mehr erkennen. Bremste scharf ab. Stand. Heulte. Weinte wie das Kind, das sie immer noch war. Immer bleiben würde. Kind, Kind!

"Du hältst den Verkehr auf!" wisperte es von unten. Mel ballte unwillkürlich die rechte Hand zur Faust und schwang sie drohend über den Tieren. Die beiden Großen streckten nur die Köpfchen hoch, senkten sie dann und rückten etwas näher an ihre Brut heran.

"Tu es nicht. Du würdest es bereuen. Und nun fahr. Wir werden beobachtet." Mel blickte kurz in den Rückspiegel, drehte das Radio an und stellte laut, was da gerade dudelte. Sie fingerte erfolglos nach Taschentüchern. Der Ärmel der Jeansjacke musste herhalten. Er war sowieso fettverschmiert von den Ausbauarbeiten im Wohnwagen. Endlich fuhr sie dann aber doch los und streckte den Stinkefinger energisch aus. Allerdings so, dass die Autofahrer hinter ihr es nicht sehen konnten.

Die Sonne verdrückte sich hinter den westlichen Hügeln und hinterließ ein rosiges Farbenspiel, das Melanie einigermaßen beruhigte. Trotzig ließ sie den Blick von der engen und kurvenreichen Straße abschweifen, die sie zunächst von Honscheid Richtung

Petershagen führte. Tiefe Schatten bildeten sich bereits im jungen Grün der Eichen, die haarige Kuppen auf den Hügeln bildeten. Auf der Höhe kurz vor dem Weiler Ginspert hielt sie auf offener Strecke an, um in Ruhe das Spiel der Lichter auf den Wipfeln zu beobachten. Ein leichter Südwind brachte Bewegung in die Fichtenspitzen und trieb die Wolkenbänder leise vor sich her. Mel öffnete die Tür und atmete tief ein, genoss es, dass dieser elend lange Winter endlich vorbei war. Sie schloss für einen Moment die Augen und merkte, dass auch ihre Kopfschmerzen sich verzogen hatten. Der hartnäckige Dauerschnupfen der letzten Monate hatte sich aufgelöst. Deswegen waren auch keine Tempos mehr im Auto.

Als sie das Radio ausmachte, hörte sie erst einmal gar nichts mehr, außer diesem verrückten Nachdröhnen der Dire Straits, die Paps immer so gern gehabt hatte. Dann mischten sich piepsige Vogelstimmen hinein, die sie nicht kannte. Bis dann urplötzlich der erste Kranichschrei in diesem Jahr sie elektrisierte. Sie kletterte aus dem Auto, um den Kopf empor zu recken. Gerade rechtzeitig genug, um den Vogelzug noch zu erkennen. Es war nicht die klassische Eins, die jetzt in den Norden zog, sondern ein ziemlich ungeordneter Haufen. Aber irgendwie fanden die Vögel sich immer wieder für Sekunden zusammen, um dann in alle Richtungen auseinander zu stieben. Dennoch würden sie ihren Lagerplatz irgendwo an der Ostsee erreichen. Diese Tiere hatten eine untrügliche Orientierung. - Und wie war das in ihrem eigenen Leben? Im Moment sah alles ziemlich chaotisch aus, aber bald würden die Lebenslinien sich wie über einem Magnetfeld ordnen und endlich ein Muster ergeben. Ganz egal was für eins, aber ein Muster! Sie musste nur dieses verdammte Kraftfeld finden, von dem sie überhaupt keine Vorstellung besaß.

Ein BMW kurvte mühsam an ihr vorbei. Der Fahrer, ein rundlicher Graukopf, schüttelte ärgerlich den Kopf, so dass sein Goldkettchen im Abendlicht blitzte. Melanie stieg in ihr Auto und machte sich Mut für den Heimweg. Probierte den Kranich-Schrei und nahm sich vor, die Unterlagen für ihre Bewerbung in Ulm zu checken. Papierkram war nicht ihre Stärke.

Als sie in Waldberg den schmalen Wirtschaftsweg zu ihrem Elternhaus hinauf fuhr, fiel ihr der blaue BMW auf. Graukopf! Auch das noch. Mel stellte sich neben den Wagen des Besuchers, stieg nach einem Blick auf ihre Tierchen aus und ließ die Tür sehr weit offen stehen.

Durch die grünlich getönten Scheiben des BMW sah sie die Freisprechanlage mit dem finnischen Luxushandy und das Display eines Navigationssystems. Sicher hatte ihn eine freundliche Damenstimme hierher geleitet. Melanie wünschte sich, dass dieser kleine Flecken Heimat für die Satelliten da oben nicht erkennbar wäre. Gerne hätte sie das irgendwo beantragt, für ihre Mutter und für sich selbst. Doch auf dieser Erde durfte es keine weißen Flecken mehr geben. Dabei hätte sich das winklige Fachwerkhaus auf dem Bruchsteinsockel so herrlich geeignet als weißer Fleck.

Auf dem Rücksitz erkannte sie noch die Senior-Gigolo-Grundausstattung: Eine bauchige Flasche mit protzigem Champagner-Schiftzug, der an Moet & Chandon erinnern sollte. Daneben lag, in Plastikfolie eingewickelt und mit blassgrüner Schleife gebunden, eine Phantasie- Orchidee, der auch eine längere Reise überhaupt nichts ausmachen konnte. Vielleicht hatte Graukopf ja noch ein Alternativ-Date ausgemacht? So ein überwältigendes Präsent für die Dame des Herzens lässt man doch nicht im Auto liegen! - Es würde enden wie immer, wusste Mel.

Drinnen war man noch beim Vorspiel. Mutter zeigte Graukopf gerade den Computer. Seltsamerweise kam sie mit dem Apparat immer gut zurecht, während sie an einem simplen Radiowecker schon verzweifeln konnte.

Sie begrüßte Melanie, ohne sie anzusehen: "Oh, Liebes, wunderbar! Da kann ich dir gleich Herrn..."

"Sehr erfreut, wir hatten bereits das Vergnügen, nicht wahr?", unterbrach sie der Namenlose und zwinkerte Melanie zu.

Sophie Sternfeld kannte ihn vorerst nur als Cicero. Eigentlich hieß er Christoph Bauschulte und kam aus einem Kaff bei Münster. Den entschlossenen Senator Cicero mimte er nur im Chatroom.

Melanie grüßte ihre Mutter kurz und fragte dann, ob Philos aufgetaucht sei. "Nein, Liebes, aber mach dir doch keine Sorgen. Vielleicht wird er ja auf seine alten Tage nochmal rollig", kicherte sie mit einem verschwörerischen Blick auf Graukopf.

"Mutter! Philos ist seit Jahren kastriert." Sie hätte nun gerne ihrerseits dem Herrn Cicero einen Blick zugeworfen, aber das gelang ihr nicht. Womöglich hätte er dann in ihre Augen starren müssen wie dieser Dr. Abstoß.

"Ich durfte soeben mit Ihrer Frau Mutter anstoßen. Darf ich Ihnen auch ein Gläschen...? Alice, du hast doch sicher nichts dagegen! Holst du uns noch ein drittes Glas?" Alice nannte sich Mama also. Bestimmt wollte sie aber nicht, dass man es wie Alize ausspricht!

"Danke, nein, ich muss noch das Auto ausladen und nach dem Hund sehen. Hübsche Blume, die Sie da mitgebracht haben. Die im Auto gefällt mir farblich irgendwie besser. Aber die Damen sind ja auch so unterschiedlich wie die Lilien auf dem Felde, nicht?"

"Red' nicht so, Kind. - Mir gefällt die Farbe und auch alles andere. Lass dich nicht ärgern von meiner Tochter, Cicero. Sie meint, sie müsste auf mich aufpassen. Jetzt, wo Philos nicht mehr ist. Und seit ihr Papa nicht mehr da ist, gönnt sie mir keine Freude im Leben." Mutter schenkte sich noch etwas von der lauwarmen Tankstellen-Köstlichkeit ein und prostete ihrem Cicero zu. "Erzähl doch mal: Was hast du überhaupt geerbt? - Vielleicht sind wir ja jetzt reich, Cicero!"

"Vergiss es, Ma. Einen Kühlschrank, gasbetrieben, und eine Handvoll Mäuse", muffelte Mel. "Hübsches Blümchen!", rief sie im Hinausgehen.

Seit Paps sie im Stich gelassen hatte, war mit Graukopf nun der siebte "Bekannte" aufgekreuzt. Für Mel allesamt Eindringlinge. Sechsmal hatte sie sich vorgenommen, Mamas Beziehungen zu akzeptieren. Bei Nummer eins und zwei fiel es ihr noch leicht, denn erst nach den dramatischen Abbrüchen wurde ihr klar, was die Herren jeweils hatten mitgehen lassen.

Den ersten nannte sie nur den "einarmigen Banditen": Es fehlten: 1 Sparbuch (5000,-) und 1 Hoffnung (zerbrochen). Das Geld war zu verschmerzen, obwohl es Papas Rücklage für ihr Studium gewesen war. Mamas Hoffnung war dagegen so unverwüstlich wie Tupperware. Sie konnte so wunderbar vollständig vergessen. Weil sie dazu immer ihre Tochter missbrauchte, hatte Mel die Nase voll von den Typen, die ihnen da ins Haus schneiten. Frau Holle - das wäre das passende Pseudo für Ma!

Als sie sich mit einem langen Kratzer an Graukopfs Limousine verewigte, hörte sie hinter dem knirschenden Ton, wie eine helle Stimme ihr nachrief: "Pechmarie ist wieder hie!" Sie steckte ihren Schlüssel ein und trat nur kräftig gegen das linke Vorderrad, das sich völlig ungerührt davon zeigte. Mel hielt sich die Ohren zu und presste die Lippen zusammen. Ich werde euch nicht die Pechmarie machen, dachte sie. Auf keinen Fall!

Dass sie die Goldmarie sein wollte, mochte sie sich nicht eingestehen.

Sie steckte Daumen und Zeigefinger der rechten Hand in den Mund und produzierte einen beachtlichen Pfiff. Das hatte immer genügt. Philos wäre in Sekunden hier bei ihr am Auto gewesen, wenn er nicht mehr als zwei Kilometer entfernt wäre. Mel setzte noch ein Signal ab und öffnete dann die Kofferraumklappe des R4. Irgendeine rostigbraune Soße war aus dem Kühlschrank ausgelaufen und stank bestialisch.

Na, prima. Danke, Ops. Hoffentlich wird das kein bleibendes Andenken an dich, dachte sie. Sie beugte sich weit ins Wageninnere, um das Erbstück herauszuziehen. Durch die Seitenscheibe sah sie, dass Graukopf sie dabei vom Fenster aus beobachtete und sich die Lippen leckte. Mel zog sich aus dem Wagen, richtete sich auf, stemmte die Arme in die Hüften und schrie: "Wie wär's mit Helfen?!"

Graukopf tat, als hätte er nichts gehört und wandte sich offenbar wieder seiner Alize zu.

Von Philos keine Spur. Mel zog endlich den Kühlschrank über die braune Brühe ins Freie. Sie wuchtete ihn in die kleine Remise und stellte ihn auf dem Arbeitstisch der Kreissäge ab.

In der Waschküche bewaffnete sie sich mit Putzeimer, Radikalchemie, Lappen und Wasser, um ihrem Erbteil zu Leibe zu rücken. In der Zwischenzeit würde Philos sicher aufgetaucht sein!

Im Halbdunkel der Remise öffnete sie die Kühlschranktür und wollte schon einen Schwall Sagrotan verteilen, als sie auf der mittleren Glasplatte ein grünes Pillendöschen aus Metall liegen sah. Es zeigte auf dem Deckel eine weißblonde Frau, die über ihren klaren Kopf strahlte. Das war wohl die Wirkung der Pfefferminz-Tabletten. Mel schüttelte die Dose. Es rappele etwas darin. Aber es waren keine Frischmacher, sondern ein Häuflein Häkchen, die Ähnlichkeit mit silbrigen Büroklammern hatten, jedes mit dünnen Fädchen am oberen Ende. Mel hatte so etwas noch nie gesehen. Vielleicht brauchte man das, um den Kühlschrank zu betreiben?

Dann sah sie noch etwas. Etwas Haariges und Blutverschmiertes. Es war etwa briefmarkengroß. Die Haare waren hell-beige, das Blut noch nicht ganz eingetrocknet. Mels Ekel verwandelte sich in einer Sekunde in blankes Entsetzen. Das war Philos' Fell! Konnte eine Ohrspitze sein. Ob sonst noch etwas in diesem verfluchten Kühlschrank lag? Nur ein Zettel klebte auf dem Glas, mit blutigen Flecken. Drei Worte waren draufgekrakelt worden: "Komm. Heute! Juro."

"Scheiß Jugo!", schrie Melanie und trat die Kühlschranktür zu. Schien ein Tag zum Reintreten zu sein.

4 Ein guter Hirte?

Die Bauern hier in der Gegend markierten ihre Weiden mit kleinen Strohbündeln, die sie an Zaunpfähle banden. So wussten die Schäfer, dass sie hier ihre Herde grasen lassen konnten. Melanie jagte den R4 über schmale Wirtschaftswege und hielt nach den Strohzeichen Ausschau und nach einem Schäferwagen, wie sie ihn von alten Fotos kannte, aus Holz und mit einem lustigen Ofenrohr, auf dem eine spitze Blechhutze thronte. Es war dann schließlich ein Landrover mit Anhänger, der ihr den Weg versperrte. Mel hupte, aber es rührte sich nichts. Sie schaltete die schwachen Scheinwerfer ein. Sie konnte niemanden hinterm Steuer des Geländewagens sitzen sehen. Sie stieg aus und versuchte ihren Komm-zu-mir-Philos-Pfiff, aber ihre Hände zitterten zu stark.

"Philos!", schrie sie. Und nochmal: "Philos! Wo bist du?" Ihr fiel noch ein, wie blöd diese Frage war, aber es war jetzt wirklich egal - wenn er nur ihre Stimme hören könnte!

"Du machst mir die Schafe wild, Mädchen."

Eine ruhige Stimme. So ruhig, dass Melanie nur ein wenig zusammenzuckte und sich langsam umdrehte. Sie sah in die Augen eines jungen Mannes, die sie ohne irgendeinen Ausdruck anschauten. Es dauerte eine Weile, bis sie begriff, was an diesem Gesicht ungewöhnlich war. Der Kopf war völlig kahl, aber Augen und Mund gehörten zu einem Menschen, der höchstens Mitte Zwanzig war. Er trug eine hellbraune, dick gefütterte Lederweste. Seine speckige Hose steckte in Gummistiefeln, die expeditionstauglich waren. Eine seltsame Erscheinung, aber nicht seltsam genug, um Mel daran zu hindern, mit dem Geschrei weiterzumachen.

"Deine Tiere interessieren mich einen Schafsdreck. Juro hat Philos in seine Gewalt gebracht. Und er hält sich bei dir versteckt."

"Juro ist ein Kind.", sagte der Mann, bei dem der Junge Zuflucht gefunden hatte. Seine Ruhe machte Mel noch wütender.

"Philos ist ein Hund. Ein Tier, verstehst du?"

"Wie meine Schafe, ich verstehe." Er grinste.

"Dann weißt du ja, wie man mit Tieren umgeht, Hirte! Dass man nichts von ihnen abschneidet, nur um ein Date mit einem Mädchen zu kriegen. Juro ist ein Schwein!"

"Ein weiteres Tier", stellte der Schäfer fest. "Und wie es scheint, hat's funktioniert. Du bist gekommen."

"Allerdings. Hier bin ich. Und werde nicht gehen, bis ich meinen Hund wieder hab." Wandte sich ab, suchte hinter dem Wagen, suchte nach Spuren, schrie aus Leibeskräften. Ein Bellen, ein Knurren - nein: Das war nicht Philos, sonder der Schäferhund, der sich um die Herde sorgte. Mel kümmerte sich nicht um ihn, suchte weiter. "Na also!", rief sie und rannte zum Auto zurück. Sie hatte einen blauen Stoffbeutel gefunden, in dem Juro ständig ein paar alte Zeitungen mit sich herumtrug. "Juro ist hier. Und du sagst mir jetzt, wo ich ihn finde. Sonst...."

"Ja?"

"Sonst..." Bevor Mel sich etwas richtig Gemeines überlegen konnte, spürte sie eine Hand auf ihrer Schulter. Sie fuhr herum und sah in Juros dunkle Augen. Mel ging auf ihn los und schlug mit dem Beutel auf ihn ein. Der Junge ließ es geschehen.

"Was hast du mit Philos gemacht? Wie konntest du dich an dem Tier vergreifen! Glaubst du im Ernst, ich würde mit dir gehen, wenn du mich erpresst?! Wenn du mir weh tust?"

"Du bist gekommen."

Die Worte kamen ihr bekannt vor.

"Du tust mir weh", sagte Juro.

Erst jetzt merkte Mel, dass sie immer noch mit den Zeitungen auf Juro eindrosch. Sie hörte auf und hielt ihm die Tasche hin. "Da. Und jetzt holst du Philos und ich werde mit ihm zum Doktor fahren."

"Kein Doktor. Bleib doch." Juro sah zu Boden, dann pfiff er einmal, ganz leise. Philos kam hinter dem Wagen des Schäfers hervor und legte sich neben Juro, blinzelte Mel verlegen an und fiepte jämmerlich. Es sah aus, als hätte er Angst.

Mel fiel beinahe über ihn her. Sie griff in ihre Jackentasche und zog die kleine amerikanische Taschenlampe hervor, die ihr schon so oft draußen geholfen hatte. Sie suchte das Tier von der Nasenspitze bis zum Schwanzende ab. Nichts. Völlig unverletzt, kein Blut, kein Schorf, keine Narben. Dankbar leckte Philos seiner Herrin das Gesicht ab. Seiner Herrin?

Juros Pfiff war kaum zu hören, doch Philos reagierte sofort, wandte sich von Mel ab und trottete gehorsam hinter das Auto und verschwand irgendwo in der Dunkelheit.

"Philos!", rief Mel und rannte hinter ihm her. Sie pfiff, aber es klang wie ein Zischen. Hinterm Auto war kein Philos. Sie fuchtelte mit dem Lämpchen in der Gegend herum, aber gegen die schwarze Nacht war das Birnchen machtlos wie ein Zündholz im All.

Scheiße. Und was mach ich jetzt? Mel wusste nicht weiter.

"Bleib doch, Melanie. Komm, ich zeig dir, wo Philos wohnt. Wo ich jetzt wohn. Es ist warm. Komm. Ich habe Wein. Und Käse. Kerzen. Komm doch. Keine Angst."

Eine Augenblick lang war Mel versucht nachzugeben. Etwas in ihr wollte Ruhe. Vielleicht war sie einfach nur müde.

Juro ergriff ihren Arm und zog sie mit sich. Zuhause wartete dieser tumbe Cicero und eine angetüterte Mama. Sie sehnte sich nach Philos, ließ sich von Juro führen.

Der Schäfer sah den beiden nach, lächelte ein wenig und kroch dann in sein Auto, wo er sich seinen Schlafplatz richtete.. Er musste noch eine ganze Weile an diese Augen denken, diese seltsamen blauen Augen.

5 Cicero

Der Galan gab sich nicht viel Mühe. Er fragte sein Opfer, ob es ihm nicht mal das Haus zeigen wolle. Er betonte "Haus" ungefähr so wie "Briefmarkensammlung".

"Folgen Sie mir unauffällig!", lallte Mama und zog ihre Eroberung am Schlips hinter sich her. Zielstrebig war ihr Gang nicht mehr, aber es ging dennoch ziemlich direkt, unter Umgehung einer Bodenvase (erfolgreich) und eines Kleiderständers (weniger erfolgreich), ins Schlafzimmer. "Oh, Pardong!", entschuldigte sie sich beim Kleiderständer. "Hier geht's lang, Herr Senator!" Zog fester am Schlips, kickte ihre Schuhe forsch in die Zimmerecke.

"Später, Liebling", krächzte Cicero, der sich rasch umgesehen hatte. Ein Schlafzimmer, so sparsam eingerichtet wie von einem oberbergischen Zen-Meister. "Ich will noch mehr sehen."

"Bitte sehr, der Herr!" Mama ließ den Schlips umgehend los und begann sich die Bluse aufzuknöpfen.

"Komm, Liebes, zeig mir dein Reich!" Cicero hatte sich abgewandt und Mama war etwas irritiert, folgte ihm dann aber lustlos auf den schmalen Flur. Sie machte kleine Pfötchen mit ihren bestrumpften Füßen und trippelte so hinterdrein.

"Biste Makler oder sowas?" Die Stimmung drohte umzuschlagen.

Cicero hielt sich nicht auf mit Erklärungen und öffnete die blaue Tür, die dem Schlafzimmer gegenüberlag. "Hier wohnt ja dann wohl...."

"Meine Tochter, ist ja nicht schwer zu erraten. Komm jetzt."

"Nu wart doch mal! Ist doch interessant, ob sie was von dir hat! So charakterlich, meine ich." Er betrat Mels Zimmer und sah sich um, als wollte er es mieten. "Zum Beispiel hier, in der Vitrine, ist die echt? Rubine?"

"Granat, du olle Haubitze. Hat se nich von mir. Von ihrem Vater. Und der hat die Kette von seiner Mutter. Willste jetzt aunoch das Fotoalbum durchblättern? Melly mit sechs bei der Einschulung?"

"Und?"

"Was und?"

"Ist sie echt"?

"Kennste ihr'n Papa schlecht. Türlich echt."

"Die Perlen zwischen den Granatsteinen auch, bist du sicher?"

"Ich hab jetzt keine Lust mehr. Ja, sicher. Ich geh spielen, auf den Hof. Da sind jetzt bestimmt auch die anderen." Mama trottete aus Mels Zimmer. Die Schuhe hatte sie vergessen. Sie hoffte, draußen Flori und Anne zu treffen. Hüpfekästchen vielleicht, das machte ihr Spaß. Sie wußte ja nicht, dass es schon dunkel war. Und Anne tot. Und Flori in der Schweiz.

"Ja, geh nur, ich komm gleich nach!", rief Cicero. Spiel schön, blöde Kuh, dachte er. Der bauchige, irgendwie krumme schwarze Koffer auf Mels Schrank interessierte ihn zu sehr. Er holte ihn herunter, blies den Staub vom Deckel und ließ die Schlösser aufschnappen. Das blanke Messing eines Saxophons strahlte im Licht der Deckenlampe. Cicero sah nach der Markengravur und überschlug den Preis, den er für ein Yamaha-Sax bei Ebay erzielen würde. Der Ausflug ins Bergische hatte sich bereits gelohnt. Er ging noch einmal zu der kleinen Vitrine in der Ecke. Der Metallzapfen am Schloss leistete so viel Widerstand wie ein Schokoriegel. Cicero grapschte sich die Kette vom Glasboden, warf sie in den Koffer. Das Zuklappen des Deckels gab ihm ein gutes Gefühl.

Im Hinausgehen fiel sein Blick auf ein blaues Skizzenbuch, das neben dem Bett lag. Er bückte sich stöhnend und griff danach, hoffte auf vielleicht verwertbare Skizzen oder zumindest irgendwas Geiles aus Jungmädchenphantasien. Stattdessen: Nichts als Text in beschämend lesbarer Handschrift. Bauschultes eingebaute Registrierkasse warf sofort ein negatives Ergebnis aus: Weg damit. Kinderkacke. Seine Nase aber meldete: Wer weiß, wer weiß... Vielleicht ist da doch noch was zu holen. Er blätterte noch einmal. Und noch einmal. Setzte sich aufs Bett, suchte nach Mels Nachthemd, fand eine Pyjamahose, hielt sie sich unter die Nase und atmete tief ein. Schlug das Buch dann irgendwo auf. "Oh Jugend!, dachte er und las:

"Lieber Paps,

an manchen Tagen bin ich Dir gar nicht mehr böse, weißt Du? Vielleicht hätte ich auch so gehandelt????? Kommt man irgendwann an den point of no return? Ihr habt euch so gestritten. Ich wußte nie, worum es eigentlich ging. Und denke manchmal immer noch, ich hätte das irgendwie aufhalten müssen. Als ich neun war, hatte ich Zöpfe, weißt Du noch? Ein Lottchen wollte ich sein für euch, eins von den doppelten. Und konnt's doch nicht. Es musste wohl einfach so sein, wie es war.

Dann wieder - ach, Scheiße! War es denn soo unerträglich für Dich? Wirklich nicht auszuhalten?

Wenn Du hier wärst, könnte ich Dich all die Sachen fragen, die Mams nie versteht. Und erzählen würde ich Dir auch gern was. Kapierst Du das?!!!!! Ein ganz simpler Wunsch. Eigentlich. Erzählen. So wie andere Kinder das tun, wenn sie aus der Schule kommen oder so. Ich geb dir mal ein Beispiel, ein einfaches, pass auf:

Ich hab's geschafft! Mein Abi hab ich in der Tasche, mit 1 Komma 3. Und Komma 3 nur wegen Sport. Hätte mir gut getan, wenn Du dabei gewesen wärst, Mann. Mama war krank an dem Tag. Ich stand da in der Aula mit dem Zeugnis in der Hand und wusste nicht wohin mit meiner Freude. Hätte es dir gern gezeigt, das Zeugnis.

Und jetzt? Ich will ja nicht klagen. Ein bisschen verloren fühl ich mich halt. Wie geht's jetzt weiter mit mir? Hm? Hallo! - Keine Antwort? - UND JETZT?

Ich hab Dir doch erzählt, dass ich Astrophysik studieren wollte. Dr. Klump war ganz begeistert. Klumpfuß ist mein Physiklehrer. War mein Physiklehrer. Er strahlte ohne Ende. Der freute sich immer schon über Mädchen in seinen Kursen. LEISTUNGS-Kursen wohlgemerkt. Eigentlich hat er sich nur über mich gefreut. Außer mir waren nur Jungs da. Und was für welche. Aber das ist ein anderes Thema.

Jedenfalls hat Klumpfuß mich mal mitgenommen in die Uni. Wollte mir mal zeigen, wo er so herkommt, glaube ich. Ganz unverdächtig. Schnuppertage in Bonn. Sehr gemütlich, die Stadt. Aber als ich die Typen da sah, wie sie in 80 Minuten oberemsig fünf (5!) Doppeltafeln mit Formeln und so weiter abgepinselt haben, und das alles ohne ein Wort oder auch nur einmal zu lachen, da hab ich den Klumpfuß enttäuschen müssen. Fühlte sich dann irgendwie schuldig, der Arme. Dabei hat er's doch gut gemeint. Dann hab ich mich natürlich schuldig gefühlt Du kennst das ja. Wollte mich schon einschreiben, nur seinetwegen, wie er da so erzählte vom spannenden Leben der Sterne, vom Werden und Vergehen und so...." -

"Die hat Sorgen." Cicero blätterte lustlos weiter, bis er an eine Bleistiftskizze geriet. Sie zeigte sechs Skelette, die eigenartig angeordnet lagen, wie in einem grotesken Tanz erstarrt. Einzelne Knochen waren beziffert, genau wie die kleinen Schüsseln und Broschen, die neben ihnen lagen.

"Holla, Mädchen, was haben wir denn da? Die dunkle Seite eines Blondchens?" -

"... hab ich mich in Ulm beworben. Auf den letzten Drücker natürlich. Du kennst mich ja. Blödsinn! Du hast keine Ahnung. Wahrscheinlich denkste immer noch an die kleine Mel, der Du die Sterne erklären konntest. Oh Gott! Aber ich bin mir jetzt sicher, auch wenn alle mich für verrückt erklären. Das ist dermaßen interessant. Was die alles aus einem alten Knochen lesen können, du glaubst es nicht! Hast Du doch sicher auch schon mal in der Zeitung gesehen, wie sie da den Mozart rekonstruiert haben, rein softwaremäßig.

Unheimlich sah der aus, stimmts? Aber irre Musik hat er gemacht.

Alle meinen immer, ich hätte da ´ne Schramme. Die verwechseln mein Fach mit Pathologie. Dabei hab ich doch auch keine Lust, jemandem die Säuferleber aus dem Leib zu klauben, um sie dann auf die Blechschüssel zu klatschen und mit der Fleischerwaage abzuwiegen. (Natürlich müsste der Jemand schon tot sein, aber trotzdem. Ich hab auch meine Grenzen. Glaube ich.)

Jedenfalls steht das jetzt mal fest: Forensische Anthropologie. In Ulm! Ich hab noch am gleichen Tag alles ausgefüllt und in einen dicken blutig roten Umschlag gepackt. Ich hatte gerade keinen anderen zur Hand, echt. War ein bisschen albern, ich geb's ja zu.

Wenn das klappt, tja.... - Weiß auch nicht so genau, wie ich's anstellen soll, nach Ulm zu ziehen. Mama kann doch nicht mit, oder was meinst Du? Soll ich es so machen wie Du? Abhauen? Sie ist ja so schlecht dran im Moment. Ach, seit einem Jahr eigentlich schon. Du solltest sie mal sehen.... " -

Wenn sie genug getrunken hat, ist sie ganz o.k., dachte Cicero. Er sah auf die Uhr. Na ja, zwei Seiten noch. -

"...der Typ hat Mama beklaut. Das glaubst Du nicht! Und was noch schlimmer ist: Die 5000 Euro sind auch weg. Das Sparbuch war ja nicht mal passwortgeschützt. Das Geld hätte mir jetzt so geholfen! Diese SAU. Ja, SAU. Aus Stuttgart kam der. Komisch: Meistens sind es BMW's. "S-AU". Die Zahlen hab ich vergessen Originell, was? Hat sich hier eingeschlichen und...."

Cicero war ein ganz klein wenig nervös geworden. Und gekränkt hat ihn das auch, dass da jemand schneller war. 5000 einfach so! Cash & carry. Aber der Kollege drückte bestimmt etwas von der Beute ab, wenn er ihn freundlich bitten würde. S-AU. Das war nicht schwer rauszukriegen. "Kluges, dummes Mädel! Eigentlich schade, dass du schon weg bist. Und jetzt komm, mein liebes Tagebuch!" Sprach's und klemmte sich's hinten in die Schlabberhose. "Bauschultes Nase hat noch nie getrogen! Das ist Lektüre für lange Winterabende." Er griff den Koffer, löschte das Licht und trat auf den Flur .

Cicero gedachte zum angenehmen Teil des Besuches überzugehen. Im Koffer raschelte es merkwürdig, aber dafür hatte er jetzt kein Ohr frei. "Liebling! Lass mich mitspielen! Ich kann Gummi-Twist!", säuselte er anzüglich hinunter.

6 Nestwärme

"Aber das hat so echt ausgesehen! Wie hast du das gemacht?" Mel kraulte Philos hinter den unversehrten Ohren. Der Hund lag ruhig neben den beiden in der windschiefen Hütte, die Juro am Waldrand zusammengeschustert hatte.

"Ein paar Haare hat er gegeben. Und ich habe so oft Nase blutig."

"Bist du in was reingeraten? Hat man dich verdroschen?"

"Nase blutet normal. Oft."

"Und ich dachte schon..."

"Hast du Angst gehabt?"

"Das war ja wohl der Sinn der Übung, Idiot." Mel wollte gar nicht laut werden, aber dieser Juro mit seiner Ruhe wirkte wie Adrenalin intravenös.

"Sinn war, dass du kommst." Juro holte aus der dunkelsten Ecke einen Schlafsack und rollte ihn neben sich aus. "Da."

Melanie streckte sich auf dem olivgrünen Lager aus und rollte sich dann sofort zusammen. Sie war unendlich müde. Der Schlafsack war dünn. Sie spürte den Druck auf Schulter und Hüfte. Es war erstaunlich warm auf dem Bretterboden. Die Hütte lag windgeschützt hinter wirrem Unterholz.

"Nett hast du's hier", gähnte sie. "Da fällt mir ein, was ich mal gelesen habe, an einem Bauwagen an der Ostsee. So ´ne Kommune hat sich den hergerichtet. Da haben sie ganz groß drangeschrieben: "Nein, ist nicht kalt im Winter!"

"Viele Leute, blöde Fragen. Habe einen Gasbrenner. Soll ich?"

"Nein, ist gut so. Gasbrenner? So einer mit Flasche?"

"Ja. Soll ich?"

"Nein! Aber vielleicht brauchst du einen Kühlschrank?

"Wie kommst du darauf?"

"Kapierste nicht, was?" Mel lachte müde. "Hab ich auch erst nicht kapiert. Hab ich geerbt! Oh Mann, was für ein Erb-Teil. Also: Brauchste einen Kühlschrank oder nicht?"

"Doch. Hab keinen Strom."

"Der geht mit Gas! Immer coole Drinks in Villa Juro!"

"Gut!"

"Ich bring' ihn dir. Muss sowieso noch was von zuhause holen." Mel streckte sich aus und verschränkte die Arme hinter dem Kopf. Sie seufzte. "Und dann mach ich die Fliege!"

"Fliegst du weg?"

"Ich mach mich vom Acker. Ich hau ab! Kennste doch, oder? Abhauen?"

"Nein", sagte er nur. Es klang sehr bestimmt.

"Ach Juro, lass uns schlafen. Ich kann nicht mehr. Wenn du jetzt auch noch anfängst mit der Klammerei, dann brech ich zusammen."

"Klammerei?"

Keine Antwort.

"Ich muss noch mal raus", sagte er.

"Mach keinen Krach, wenn du wiederkommst." Ein leises Pfeifen, dann waren Juro und Philos draußen. Melanie wollte noch auf ihre Geräusche achten, aber ihr fielen sofort die Augen zu. -

Sie merkte nichts, als Juro eine halbe Stunde später herein kam. Ohne Philos. Sie spürte noch, wie der Junge sich neben sie legte und seinen Kopf leicht auf ihren Bauch legte.

Sein Schreien hielt sie erst für einen Traum, bis es ihr körperlich weh tat. Es klang wie "Lumina, lumina!", und es hörte erst auf, als Juro seine Taschenlampe gefunden hatte und das Licht über ihr kleines Lager tanzen ließ.

"Was ist das? Es krabbelt über meine Hände!", schrie er.

Melanie richtete sich auf. "Ich sehe nichts. Du hast geträumt."

"Nix geträumt! Ratten! Scheiß Ratten!"

Mel erschrak. Sollten hier im Wald Ratten sein? Doch dann musste sie lachen.

"He, das sind doch nur Mäuse. Zeig mal!" Sie nahm Juro die Lampe aus der Hand und leuchtete sechs Mäusen in die Schnäuzchen. "Meine Mäuse sind das! Wie kommt ihr denn hier her?!" Mel hätte sich nicht gewundert, wenn sie eine Antwort bekommen hätte. Aber die Tiere blieben stumm.

"Du kennst die? Das gibt's nicht!"

"Doch, das gibt's. Die hab ich wohl auch geerbt. Und alles hängt irgendwie an mir. Es klebt. Lässt sich nicht abschütteln So wie du. Du klebst auch. Und Mama. Die Ponies. Alles klebt."

Juro betrachtete seine Hände im schwachen Licht. "Sauber. Fast."

Dann verstand er. "So bin ich! Hier."

"Ja, und Mama ist so, und Papa. Ach, Papa. Der klebt nicht, der hat sich losgerissen. Und klebt deswegen noch mehr als alle zusammen!"

"Was ist mit den Ratten? Ich hasse Ratten. Du weißt nichts von

Ratten. Ich hab sie überall gehabt. Die fressen dich auf, wenn du schläfst."

"Es sind Mäuse. Kleine, putzige Nagetiere. Was soll mit ihnen sein? Die bleiben hier, o.k? Und du bleibst, und Mama bleibt, und Papa bleibt, wo der Pfeffer wächst. Alles bleibt, wie es ist; wo es ist.

Und ich? Wo bleibe ich?" Mel schämte sich für ihren Ausbruch, für die abgedroschene Frage. "Wo bleibe ich?" Wie oft hatte Mama diese Frage gestellt? Zu oft. Zu oft für Paps. "Die Mäuse bleiben hier. Morgen nehme ich sie vielleicht mit nach Waldberg. Und bring dir deinen Kühlschrank. Sollst auch nicht leben wie Hund. Und jetzt schlaf endlich. Wo ist übrigens Philos?"

"Gute Nacht."

"Schlaf gut, du hinterhältige rumänische Zigeunerklette."

7 Heim-Weh

Juro hatte ein kleines Frühstück organisiert. Pechschwarzen Tee gab es aus Blechbechern und richtige Brötchen mit ein paar Scheiben Hartwurst.

"Danke. Schmeckt nicht übel hier draußen. Irgendwie kitschig, aber nicht übel."

"Kitschig?"

"Kommt mir vor wie schlechtes Kino. Marlboromäßig."

"Kein Kino. Leben ist so."

"Du musst es ja wissen. - Wo steht eigentlich mein Auto? Haste das auch verschleppt?"

"Wo es steht. Du kannst fahren."

"Oh, herzlichen Dank, Herr und Gebieter über mein Leben!" Mel stand auf und verbeugte sich förmlich, und ihr Gesicht zeigte, dass sie das überhaupt nicht lustig meinte. "Ich kann fahren. Wow! Wohin ich will! Denkste. Heimfahren darf ich. Zur Mama. Und du bringst uns Philos zurück, oder du kannst was erleben. Solche Tricks ziehen vielleicht in deiner komischen Heimat. Hier respektiert man sich. Besonders, wenn man sich gern hat, du Ei." Sie rauschte möglichst effektvoll aus dem Hüttchen. Das große Brett, das die Tür darstellte, ließ sich leider überhaupt nicht zuschlagen, sondern schrammte nur ächzend über den Waldboden. Aber immerhin wackelte Juros Domizil bedenklich.

Der Morgen war kalt. Tau lag auf der Wiese. Am Rand sah Mel einen Streifen Huflattich. Die Blüten waren noch fast vollständig eingepackt in ihre Hüllen. Zwei Eichelhäher meldeten ratschend die Störung der Waldfrühe.

Sie fand ihr Auto so, wie sie es verlassen hatte. Mit dem Unterschied, das vorher noch kein Glatzkopf darin gesessen hatte! Mel riss die Fahrertür auf:

"Wie soll ich den Gestank da je wieder rauskriegen!", brüllte sie den schlafenden Schäfer an. "Was machst du in meinem Auto?!"

Fabian, der gute Hirte, rieb sich die Augen und drehte dann gemächlich Sitz hoch. Sehr gemächlich.

"R4 mit Liegesitzen! Wusste gar nicht, dass es sowas gibt. Ich wollte deine Abfahrt nicht verpassen, weiter nichts." Er schnüffelte. "Und ich rieche hier nichts. Jedenfalls nichts Tierisches."

"Verzieh dich einfach, ja? Noch eine Klette kann ich heute nicht ertragen. Wir haben nichts miteinander zu schaffen, klar?!"

"Ist klar. Reg dich ab." Fabian stieg aus und streckte sich, Mel bugsierte sich an ihm vorbei ins Auto. "Ich wollte nur ein Foto von dir machen."

"Knips dir 'n Schaf, Hirte!" Mel schlug die Tür zu, fingerte den

Schlüssel aus der engen Jeanstasche und startete den Motor. Der Schäfer zog eine winzige Kamera aus der Jackentaschen und brachte sich in Position. Melanie streckte ihm die Zunge raus, als es blitzte.

Er grinste nur, als er durchs Rückfenster Mels erhobenen Mittelfinger sah.

"Gute Fahrt, kleine Schwalbe!", sagte Fabian. "Pass auf dich auf."

Melanie fuhr viel zu schnell. So bald wollte sie doch gar nicht zuhause ankommen. Ob sie Antwort aus Ulm hatte, wollte sie wissen. Und nachsehen, ob Mutters schmieriger Galan nicht was hatte mitgehen lassen. Aber das war auch schon alles. Dann noch der Termin bei Gericht, aber nur vielleicht. Nachmittags würde diese Sache mit der Frau verhandelt werden, die angeblich freiwillig in eine Schlinge gesprungen war, die ihr ein liebevoller Partner zufällig hingelegt hatte, so ganz ohne Absicht. Mel war stolz, dass man ihr in der Redaktion diesen Termin gegeben hatte. Immerhin eine große Sache für Gambach. Ein paar Cent pro Wort sprangen dabei heraus, aber das war nicht das Wichtige dabei. Für Mutter war das der einzig denkbare Grund. Aber Melanie wollte sich in das Denken von Delinquenten versetzen lernen. Das würde sie einmal brauchen, da war sie sicher. So wie sie aufgewachsen war, auf dem Dorf! Von nichts eine Ahnung. Ihr Kapital war einzig ihre Einfühlungskraft. Und ihre Sturheit. Aber von der hatte sie der Welt noch nicht viel zeigen können. Den Bericht müsste sie am gleichen Tag noch eingeben, hatte der Chef vom Dienst gesagt. Stroot war diese Woche CvD. Die Sache wäre zu heiß, meinte er, und das Volksblatt wäre bestimmt auch dran. - Es könnte gehen, wenn nur Mama nicht so durchgeknallt ist! Dann den Kühlschrank ins Auto verfrachten. Das Erbe verschleudern! Sie lachte. Ach, Opa, du Schlitzohr. Was hast du dir dabei bloß gedacht? Laut dachte sie: "Und dann werd ich mit Mutter sprechen. Und wir suchen eine tüchtige Pflegekraft und die beiden werden sich anfreunden und unzertrennlich werden und die Versicherung wird Hurra schreien und Mama muss nicht ins Heim. Und ich pack meine Sachen, fahre nach Ulm und Dienstag fang ich mit den Vorlesungen an. Anorganische Chemie. Na und? Wo ist das Problem, Leute?!" Sie fing an, sich selber zu glauben. Das funktionierte manchmal, meist an ungeraden Tagen. An den anderen war ihr Realitätssinn stärker.

Unter solch aufmunternden Gedanken kam sie nach Waldberg. An der ehemaligen Tankstelle, die einmal Fahrradladen war und jetzt Pizza-Blitz Giovanni hieß, sah sie Graukopfs BMW. Er selbst kam gerade aus der Tür und mampfte schon mal heftig in eine Minipizza.. Plötzlich blieb er neben seinem Auto stehen und betrachtete die Fahrertür in leicht gebückter, dann stark gebeugter Haltung. Mel wusste, was er da entdeckt hatte. Als er auftauchte, fehlte die Pizza.

Graukopf war also über Nacht geblieben, oder er war noch woanders aufgetreten, vielleicht als Cato bei irgendeiner Nadine, die er Nadin-e nannte?

Mel gab Gas. Als das letzte Mal Herrenbesuch über Nacht blieb, summierten sich die Kosten auf 1200 Euro. Die Stereoanlage nicht mitgerechnet. Die hatten sie nicht erneuert. Ma brauchte einen Videorecorder. Musik war nicht ihr Ding. Und den kleinen Ferienjob bei Elektro-Bernecker hatte die Tochter schmeißen müssen wegen der notwendig gewordenen "Intensivpflege" bei Muttern.

"Ach Kind, du ahnst ja nicht..."

Doch, sie ahnte. Wusste.

Statt jetzt noch mehr zu beschleunigen, hielt sie einfach auf der Kreisstraße an, direkt neben der Radarfalle, die so freundlich am Ortseingang ihr rotes Auge auf die Ankommenden warf.

Sollte sie doch sehen, wie sie damit fertig wird! Vielleicht musste der Leidensdruck erst noch höher werden? Das Wort hatte sie von Klumpfuß, der Drogenberater an ihrer Schule war und sie alle nervte mit seinen ewig gut gemeinten Tipps. "Wenn der Abhängige nicht selbst frei werden will von seiner Droge, können wir ihm nicht helfen. Dann ist der Leidensdruck einfach noch nicht hoch genug." War Mama nicht auch abhängig, auf ihre Art? Wie all die Pilleneinwerfer in Mels Jahrgangsstufe, die sich für hip hielten und im Unterricht übelsten Streit anfingen mit den Lehrern, nur damit sie ihre bunte

Mütze anbehalten durften oder sowas in der Art.

"Krankkrankkrank!"

Mel kramte ihr Handy hervor. Bevor die Verbindung mit zuhause zustande kam, schaltete sie ab. Was hätte sie denn auch sagen sollen? Klartext? "Sieh zu, wie du klar kommst. Du bist krank. Du brauchst Hilfe." Das konnte sie nicht. Und wenn Mama nicht drangegangen wäre, hätte sie die Panik gekriegt und einen Film gesehen, der so effektvoll wie ein Spielberg-Opus wäre.

Sie sagte sich ein paar Hilfssätze auf, die sie für den Moment weiterbringen sollten: "Ich fahre jetzt heim. Es sind gerade mal zwei Kilometer. Dann sehe ich nach dem Rechten. Ich schaffe das. Ich schaffe das. Ich schaffe das. Oder es schafft mich."

Ein Blitz erschreckte sie. Ein Motorrad war in die Falle gerast. Mel fragte sich, ob sie wohl auf dem Foto zu sehen war. Sie hätte es gern zugeschickt bekommen und in ihr Tagebuch geklebt. Unterzeile: Das war der Moment, als ich beschloss, mein Leben zu leben.

Oh Gott - das Tagebuch!

8 Mel Marionett

Die Eingangstür stand weit offen. "Mama, bist du oben?"

Keine Antwort. Vielleicht war sie im Bad? Oder kramte auf dem Dachboden in Mels alten Spielsachen. Im Garten war sie jedenfalls nicht. Mel rief die Kellertreppe hinunter, aber als sie auch von dort keine Reaktion hörte, bekam sie dieses Kribbeln und Flattern, das sie immer spürte, wenn der Berg von Verantwortung sich wie der Großglockner vor ihr auftürmte. Sie stürmte atemlos nach oben und durchkämmte die Zimmer und das Bad. Indizien genug, aber keine Mama. "Mama!" Sie erschrak, denn ihr Ruf klang kläglich wie ein Kinderstimmchen in der Dunkelheit. Und es sollte doch tadelnd klingen! Zumindest tadelnd. Sie probierte es noch einmal. "Mama!

Wo steckst du denn bloß?" Schon besser. Aber immer noch ohne Ergebnis. Der Film begann. Horror. Feuer. Blut. Schrecken. - Stopp! - Sie stellte sich ein übergroßes Stoppschild vor, in der Warnfarbe. Das half ihr manchmal, die automatischen Gedanken einzudämmen.

Sie musste systematisch vorgehen. Spuren suchen. Wie auf einem Gräberfeld. Es gab Hinweise:

Im Bad: 1 Fl. Sekt, spanisch, leer; 1 Fl. Cognac Napoleon, fast leer

Im Flur: 1 Paar Damenschuhe, hochhackig,

Schlafzimmer: Ach herrjeh! Muttis Kram aus dem Versandhaus für Hygieneartikel, verstreut, 1 Gummiband (Hosengummi), zwischen zwei Stühlen verspannt, 1 Tablettenröhrchen, Aufkleber entfernt, leer

Mels Zimmer: Ein dicker, roter Briefumschlag, ohne Marken und Stempel, mit lila Lippenstift bekrakelt: "Bleib bei mir, Mel!"

Mel starrte auf den Umschlag. Alle Hast war plötzlich weg. Sie stand da wie eingefroren. Die Kälte fühlte sie als Schauer auf dem Rücken. Da lag jetzt ihre Zukunft auf dem Schlafzimmerboden, neben einem Präservativ, gebraucht. Der Start in ihr eigenes Leben. Ausgebremst von der Mutter, der Lebensspenderin, Gebärerin, Glucke. Gans.

Sicher wäre der Dreifachspiegel, echt Kristall, in eine Million Scherben zersprungen, bestimmt wäre das Plumeau zerrissen und die 1a Daune hätte sich über die klebrigen Reste der kleinen Feier ausgebreitet; ohne Zweifel hätte Mamas lila Lipstick alles getreu an die Wände geschmiert, was Mel jetzt herausbrüllen wollte! - Und genau so sicher war, dass die Tochter spätestens morgen alles sauber gemacht, das meiste repariert und sich jämmerlich entschuldigt hätte für ihren Wutausbruch.

Also ließ sie es lieber gleich. Es hämmerte in ihrem Kopf, dicht unter der Schädeldecke. Sie ging ins Bad und ließ das Wasser laufen, bis es richtig kalt war. Als das Waschbecken voll war, schob sie die Ärmel ihres Pullis hoch und tauchte mit den Unterarmen ein, kühlte die Schläfen und wusch sich die salzigen Tränen ab. Sie nahm die neue Zahnpastatube und quetschte sie ins Waschbecken aus. Sie formte eine Spirale, die immer enger wurde, bis zum Zentrum. Dem Abfluss. Dann ging sie hinunter zum Telefon. Das Handtuch schleifte hinter ihr her. Sie hatte es vergessen.

"Wie lange ist sie denn fort?", fragte der Mann von der Rettungsleitstelle. "Zwei Tage sollten Sie schon Geduld haben. Ihre Mutter ist erwachsen."

"Da bin ich nicht so sicher", sagte Melanie.

"Vielleicht braucht sie mal Abstand. Ich habe das alles aufgenommen, was Sie berichtet haben, und wenn wir was beobachten...."

Das klang, als hielte er Melanie entweder für kindisch oder hysterisch. Sie brach das Gespräch ab und rief Dr. Ritter an.

"Hat sie viel getrunken?" Ritter kannte die Problematik seit langem. "Dann ist es wichtig, dass du sie bald findest!"

Na klasse! Sie hatte gehofft, er würde sich auf sein Zauberpferd schwingen, um Schutz und Schirm für Witwen und Waisen zu bieten.

"Sicherheitshalber rufst du besser auch die Rettung."

Ergebensten Dank, Herr Doktor. "Vielleicht braucht sie ja mal Abstand von mir." Mel machte den Ton des Rettungshelfers nach. Beruhigend souverän sollte er wirken. "Ich melde mich, wenn ich was weiß", sagte sie und legte auf, ohne auf Antwort zu warten.

Wichtig, dass du sie bald findest. Bald? Wichtig? Für wen wichtig? Für Mama. Ja. - Reiß dich zusammen, Kind.

Sie drehte noch eine Indizienrunde durchs Schlafzimmer, sammelte drei leere Flaschen auf und wollte dann im Garten weitersuchen.

Sie hatte die Gummitwist-Installation übersehen und stürzte lang hin, wobei eine der Flaschen zerbrach, die anderen auf den Flur hinaus rollten. Sie hatte sich nicht abstützen können und war voll aufs

Gesicht gefallen. Hätte dort nicht der rosa Bettvorleger mit seinem Plastikfell gelegen..... Es roch nach Ma's Hautcreme. Fußnägel-Schnipsel hatten sich im Filz verfangen.

Melanie heulte vor Schmerz . Sie heulte vor Wut. Rollte sich wie ein Riesen-Embryo zusammen. Es ist wichtig, dass du sie bald findest. Es ist wichtig, dass du die Gestalt findest. Es ist wichtig, das du dich findest. Es ist wichtig, dass sie dich findet. Es ist wichtig. Nur liegen bleiben. Nicht bewegen.

Das dauerte nur drei Minuten.

Mel richtete sich vorsichtig auf. Es fühlte sich an, als ziehe sie jemand an Fäden hoch, damit sie weitertanzen könnte. Ein Faden am Hinterkopf, zwei an den Schultern, an den Ellenbogen und einer am Steißbein. Wer zog da? Da zerrten Mädchen und Frauen, die ihr vorleben wollten, wie man durchkommt durch diesen Dschungel. Tapfere, weitherzige Wesen. Von Heidi bis Tina Turner, von Mama, der jungen Mama, bis Frau Schröder, der alten Frau Schröder. Zogen und zerrten und ließen sie tanzen. Es ist keine Schande zu fallen. Eine Schande ist es, nicht wieder aufzustehen. - Sie hätte diese Strippen gerne gekappt, doch sie meinte, dass sie ohne sie sofort hinstürzen würde.

Der siffige Vorleger half mit beim Aufstehen. Ein Blick in den Dreifaltigkeitsspiegel zeigte ihr drei Häufchen verheulten Elends. Sie klappte die Seitenspiegel ein, vorsichtig ihre Wut beherrschend, damit nur ja kein Glas zerbräche. Echt Kristall, behauptete ein angeknibbelter Aufkleber.

Der Garten lag da wie ein großes Versprechen auf Sommer. Ein verfrühtes Mailüftchen fächelte Trost. Es war so warm, dass die Bienen von Nachbar Stahl ausschwärmten. Mel ging ums Haus herum auf der Suche nach Spuren. Nichts. Sie wählte Mamas Handy-Nummer, ohne große Hoffnung.

"Ja?"

Mutters Stimme, ziemlich kräftig, im Hintergrund Kinderlärm.

"Mama? Mein Gott, wo bist du denn?"

"Wer möchte das wissen?"

"Doofe Frage! Ich möchte das wissen."

"Wer ist ich?"

"Mutter! Bitte! Hör auf damit!"

"Meine Mutter holt mich bestimmt gleich ab. Es ist alles in Ordnung. Zum Mittagessen bin ich zuhause. Nicht schimpfen."

Mel nahm alle Kraft zusammen.

"Und wo soll dich deine Mutter abholen?"

"Na hier doch."

"Fein. Wo ist das denn genau?"

"Wer bist du? Wenn du das nicht weißt, dann kenne ich dich nicht. Ich soll nicht mit Fremden mitgehen."

Klick und aus.

Dann bleib doch um Himmels Willen da, verdammt noch mal. So dachte sie. "Sorry.", sagte sie laut.

Sie wollte in Waldberg mit der Suche anfangen. Kinderstimmen gab es hier nicht viele. Die Menschen waren vorsichtig. Bauten sich erstmal etwas auf, bevor sie an Kinder dachten. Erst das Eigenheim, dann die Autos, dann vielleicht ein Kind. Seit die Aussiedlerfamilien zuzogen, gab es wieder mehr Kinder. Zu hören waren sie, wenn Kirmes war oder Badewetter. Kirmes war erst in drei Wochen, das kleine Freibad wurde gerade renoviert für die kommende Saison. Blieb nur eine Möglichkeit.

Sie fand Mama im evangelischen Kindergarten, wo auch sie selbst vor einigen Jahren ein und aus ging. Mama saß auf dem Schwebebalken unter einer Reihe von Garderobehaken auf dem Flur. Dieselben Haken wie zu Mellys Zeiten. Es sah so aus, als warte die Oma aufs Enkelchen. Deshalb hatte sie wohl auch niemand angesprochen. Eine Frühstückstasche mit einem sonnigen Maulwurfsgesicht drauf hatte sie um den Hals hängen, aber auch das war niemandem aufgefallen. Aus dem Raum der Bärengruppe hörte man die immer angestrengte Stimme von Frau Schröder, die schon Mel betreut hatte: "Wir wollen doch eine schöne Überraschung zum Muttertag basteln, stimmt's!"

Mama blickte ängstlich zu ihrer Tochter auf: "Ich warte auf die Mama! - Nicht schimpfen!"

"Ich hab die Mama gefunden", scherzte Mel, um ihre Verlegenheit zu überspielen. "Komm, Mutter. Das Täschchen hängst du bitte an einen Haken, das gehört einem anderen Kind." Einem anderen Kind? Wieso ließ sie sich immer auf Mamas Verrücktheiten ein! Sie redete wie Frau Schröder.

"Meins!" Mutter klammerte sich an dem Lederriemen der Tasche fest.

"Na, meinetwegen, ich kann's ja später zurückbringen. Hab jetzt keinen Nerv, mit dir zu streiten. Komm."

"Ich warte auf Mama. Darf nicht mit Fremden..." Mutter zeterte.

Mel konnte nicht glauben, dass ihre Mutter schon so dement war.

"Du tust so, als ob du mich nicht kennst. Wieso? Was hab ich dir getan?!"

"Du willst mich weg haben. Du hasst mich. Du kannst meine Tochter nicht sein."

"Wenn ich dich hassen würde, wäre ich jetzt nicht hier, o.k.? Du mischst dich immer in mein Leben ein. Du klammerst. Du willst mir alles kaputt machen. Alles, was mir wichtig ist jetzt. Aber du bist meine Mutter. Ich kann dich nicht hassen. Manchmal möchte ich. - Komm jetzt. Wenn uns jemand hört!"

Ma antwortete mit ihrer gewöhnlichen Stimme: "Manchmal möchtest du, dass ich nicht mehr da wäre. Dass ich tot wäre. Ich weiß das. Ich kanns beweisen."

"Mutter!" Mel hatte einen schrecklichen Verdacht. "Hast du..."

"Nein, hab nicht!"

"Weiß doch gar nicht, was ich fragen wollte!"

"Weiß ich wohl. Ob ich in deinem Tagebuch gelesen habe. Stimmt's?"

"Allerdings. Hast du?"

"Nein. - Cicero hat mir daraus vorgelesen, bevor er abgereist ist."

"Nicht wirklich...."

Mutter machte sich klein, wie um sich vor Schlägen zu schützen.

Mel wollte sagen: Ja, stimmt, für solche Sachen hasse ich dich so sehr, wie ich noch nie jemanden oder etwas gehasst habe.

Sie sagte: "Komm jetzt."

9 Tugendlehre

Dr. Ritter hatte Mama mit einer Spritze einigermaßen sediert. Sie saß in ihrem Sessel und blätterte in den Gelben Seiten. Manchmal knickte sie ein Eselsohr in ein Blatt.

Der Arzt nahm Melanie mit in den Flur und zog die Wohnzimmertür hinter sich zu. "Du musst halt ein bisserl auf die Mama aufpassen, gelt?"

"Ach ja?" Das sollte heißen: Ich kann die Schuldgefühle, die Sie mir da herüber reichen, nicht akzeptieren, Herr Hilfreich! Melanie hörte diese Gedanken aber nur wie von fern, wie aus einem Traum, von dem man nur noch ein einziges Bild packen kann. Aber mit diesen schlechten Gefühlen wollte sie nicht leben. Sie raffte sich auf zu einem Versuch: "Sie sollten sich bitte mal Gedanken über eine

Lösung des Problems machen. Ein angemessenes Pflegegutachten erstellen oder wie das bei Ihnen heißt. Das kann so doch nicht weitergehen."

Der Doktor stammte aus Österreich verfiel immer dann in seinen Wiener Dialekt, wenn er mit schwierigen Patienten zu tun hatte: "Schau, Fräulein, die Frau Mama ist doch noch ganz guat beinand'. Bist auch nicht immer nett zu ihr. Solang' daheim alles seine Ordnung hat, kann die Frau Mama sich noch recht gut orientieren. Weißt eh: Essen zur Zeit, Pünktlichkeit, Sauberkeit, kleine Aufgaben. Sie macht doch immer gern den Stall, nicht wahr. Verlässlichkeit braucht's eben. Oder wollmer's abschiabn, das Mutterl? Hast dir amoi angschaut, wias zuageht in so am Hoam? In Nullkommanix ist sie ein richtiger Pflegefall und kann sich nicht mal mehr ein Joghurt allein aufmachen. Ich hab das erlebt."

Mel hatte nur das Wort vom abschieben gehört. Und so schwieg sie und versprach, besser aufzupassen.

"Bist a guats Maderl. I werd die Tag amoal einischaun bei euch. Ach, was hast da eigentlich an der Schläfe? Soll i mir's anschaun? Sieht bös aus..."

"Das ist nichts. Bin gefallen."

Dr. Ritter klappte seinen Alukoffer zu und verschwand leichten Schrittes.

Zuhause wickelte Mel die Reste der Orgie, die noch auf dem Bett lagen, in das Laken. Mit dem Bündel, das die Größe eines Sitzballs hatte, ging sie zum Fenster und warf es auf den Hof. An der Seite sickerte Blut durchs Tuch - eine Flasche Rotwein war auch drin gewesen. Mel sah interessiert zu, wie sich der rote Fleck weitete. Mutter sah es auch und schwieg dazu. Die Spritze wirkte noch.

Melanie fühlte sich besser. Sie bezog das Bett frisch und packte ihre Mutter hinein. Sie schlief beinahe sofort ein. Im Hinausgehen griff Mel nach dem Bewerbungsbrief und ging ins Wohnzimmer. Sie riss den Umschlag auf und wählte die Nummer der Univerwaltung in Ulm.

"Die erste Tugend, die eine neue Studentin ausbilden muss, ist die Pünktlichkeit, junge Dame. Was steht da oben links in dem dick umrahmten Feld?" Die Stimme war weiblich und doch wieder nicht. So mussten die neuen weiblichen Feldwebel bei der Bundeswehr sich anhören. "Dick umrahmt, hab ich Recht?"

"Ich weiß, aber ich habe das nicht zu verantworten, und..."

"Eben. Da liegt das Problem."

"Aber es ist nicht meine Schuld... meine Mutter...."

"Die zweite Tugend: Selbständigkeit, junge Dame. Also vergessen Sie es und machen sich daheim noch ein bisschen nützlich, so bis Oktober etwa. Ach nein, wenn sie Forensik belegen wollen, geht das erst wieder im nächsten Jahr. Na, da bin ich mal gespannt, ob wir diesen Termin dann packen. Glückauf!"

"Warten Sie! Ich faxe Ihnen die paar Seiten rasch, ja?"

"Die paar Seiten? Wenn Sie alles vollständig haben, sind das meines Wissens 23 Seiten, und die Frist läuft um 14 Uhr ab."

Mel witterte ihre Chance:

"Das schaffe ich. Ich fange sofort an."

"Viel Glück, wir haben 13 Uhr 48.

"O.k., die dritte Tugend: Dickköpfigkeit."

"Sie lernen schnell, das spricht für Sie. Los jetzt."

Mel blies den Staub vom Faxgerät und legte mit zittriger Hand das erste Blatt ein. Die Nummer eintippen, Start drücken. Der Apparat zog das Blatt ein und warf's dann wieder aus. Mel guckte nicht auf die Uhr, aber es kam ihr unendlich langsam vor und das noch 22 mal? Nicht denken, faxen. Nach dem dritten Blatt klingelte das Telefon.

"Jetzt nicht!", schrie Mel es an. Es zeigte sich unbeeindruckt. "Ja!"

"Kindchen, Tugend Nr. 4: Anleitung lesen! Was hier ankommt, ist schneeweißes Papier. Versuchen Sie es mal anders herum."

"Äh... danke, ja."

Auflegen, noch einmal von vorn.

"Das klappt noch. Das muss klappen. Ist ja albern!"

Bei Seite 22 war die Zeit abgelaufen. Sie wählte noch einmal das Sekretariat an.

"Es fehlt noch eine Seite. Was ist? Tugend wieviel?"

"Nummer 5. Aber die Zeit ist um. Ich hab's vermasselt."

"Nummer 5: Immer alles zu Ende bringen. Egal wie."

Diese Frau war irgendwie klasse. Aber auch total ätzend.

"Damit Sie dann alle Seiten vollständig in den Papierkorb werfen können? Bitte sehr."

Sie schob das fehlende Blatt nach, während die Verbindung noch stand.

"Da kommt es ja, und gerade noch rechtzeitig um 13.59 Uhr."

Mel sah auf ihre Funkuhr: 14.04 Uhr. Sie räusperte sich ins Telefon, holte schon Luft.

"Nichts da, Mädchen! Still jetzt. Tugend Nummer, äh, 6: Auch mal fünfe gerade sein lassen. Aber nur sparsam verwenden. - Ich wünsche viel Erfolg beim Studium, Kleines."

Mel fühlte die nassen Flecken unter ihren Armen, fühlte, dass sie ziemlich glücklich war. Bis ihr Blick aus dem Fenster fiel. Da lag ein geplatztes rosarotes, blutendes Wäschebündel und klagte sie an. Melanie wollte sich aufraffen und Tugend Nummer 7 beschwören, aber es fiel ihr keine ein.

Weil sie sich gerade so vollständig tugendlos fühlte, durchsuchte sie Jacke und Mantel der Mama, suchte auch an der übel riechenden Frau selbst. Kein Tagebuch zu finden. "Graukopf, du Schwein!", fluchte sie. Und fügte kein "sorry" hinzu. Hängte sich ins Internet, durchforstete den PC nach Cache-Daten, um Mamas Chatroom ausfindig zu machen, klickte sich in ihr ICQ, fand aber nur sehr dünne Spuren. Kein Cicero online. Aber das könnte sich nachts ändern. Vorerst so viel: "Login Flirtline". Sie tippte: "Jeannette, süße 17, üppig und seeehr unvernünftig." Sie hinterließ ihre Mailadresse und die Handynummer. Sie ahnte, was sie da in Gang gesetzt hatte. Aber sie musste ihr Tagebuch haben! Nicht nur die intimsten Gedanken waren da zu lesen. Nur dort hatte sie damals während der Exkursion nach Heidelberg die Skizze aus dem großen Grab von Handschuhsheim angefertigt. Als alle anderen nur Blitze aus Digitalkameras abschossen, hatte sie sich auf einen umgestürzten Baum gesetzt und mit hartem Bleistift feinste Skizzen angefertigt. Als sie dann der Gruppe in die Pizzeria folgte, waren alle schon gegangen. - Diese Arbeit sollte ihr Einstieg in die Anthropologie werden, aber dazu müsste sie die Bilder mit Tusche ausarbeiten, auswerten und klassifizieren. - Sie können den Computer jetzt abschalten, meldete der PC. Sie folgte willig.

Der Kühlschrank schien durch die Ereignisse schwerer geworden zu sein. War er gestern nur seltsam, so kam er ihr heute absurd vor. Sie war froh, dass Juro ihn gebrauchen konnte. Weg damit. Ein bisschen freute sie sich darauf, den Jungen zu sehen. Ein bisschen fürchtete sie sich davor, ihn wieder zu verlassen. Sie hatte seinen kleinen Kopf auf ihrem Bauch gespürt. Sie hatte gespürt, wie sein Atem ruhiger und ruhiger wurde. Das verband sie mit ihm. - Vielleicht käme Philos diesmal mit nach Hause? Vielleicht müsste sie sich aber auch von dem Tier trennen. Tugend Nummer 7?

Sie sah noch einmal nach ihrer Mutter und fuhr los.

Blitzlichter

"Ich glaub es nicht!"

"Wenn ich es Ihnen sage. Wie sie leibt und lebt. Hätte mir fast die ganze Herde wild gemacht. Und das will was heißen. Diese Biester sind sehr robust. Hab ich mir sagen lassen."

Die beiden Männer steckten die Köpfe zusammen und sahen sich Fotos an, die Fabian wie ein Kartenspiel in der Hand hielt. Der graublonde Justus Sternfeld war einen ganzen Kopf kleiner als der Schäfer und blickte verhalten amüsiert drein. Das linke Auge zuckte unentwegt. Neben dem als Naturbursch aufgemachten Fabian wirkte Sternfeld mit seinem abgetragenen Sakko wie ein Sozialarbeiter. Fabian ekelte sich bei der Vorstellung, aus ihm wäre beinahe so etwas geworden. Er kam sich ziemlich clever vor.

"Was haben Sie getan, dass Sie Ihnen die Zunge rausgetreckt hat?"

"Das war ganz leicht, glauben Sie mir. Ihre Tochter..."

Sternfeld unterbrach ihn. Wollte die Bilder, kein Psychogramm.

"Wer ist der Junge hier?"

"Juro?" Fabian flüsterte plötzlich. "Wollen Sie ihn kennenlernen? Dann drehen Sie sich mal rasch um!"

Sternfeld konnte nicht widerstehen. Der Glatzkopf ging ihm auf den Nerv. Wichtigtuer. Aber er sah sich um. Doch er konnte nur noch Juros Rücken sehen. Der Junge hatte sich sofort umgewandt, als er bemerkt worden war. Aber er rannte nicht weg, sondern schritt sehr aufrecht den schmalen Feldweg hinauf. Philos war an seiner Seite.

"Also: Wer ist das?"

"Ach, Juro halt. Ist mir zugelaufen und versteckt sich vor irgendwas."

"Wovor?"

"Das weiß er selber nicht genau. Flüchtling aus Rumänien. Sinti oder so. Aber sonst o.k. Hat einen Narren an Ihrer Tochter gefressen."

"Muss man das ernst nehmen?" Sternfeld ärgerte sich, dass er so fragen musste. Wollte dem Wichtigtuer nichts zum Wichtigtun bieten. Aber er musste das wissen.

"Gestörte Mutterbindung, glaube ich. Bestimmt...."

"Ja, danke. Sonst noch was?"

"Der kann irre gut mit Tieren umgehen! Hat mir schon oft geholfen, wenn ich hier das Chaos hatte."

Sternfeld konnte sich das Chaos gut vorstellen. Die kleinen Elektrozäune waren an mindestens drei Stellen bereits platt getrampelt. Wenn der Hund nicht wäre....

"Wenn der Hund nicht wäre und der Junge, meine Güte!", seufzte Fabian.

Wenigstens einsichtig war er. Sternfeld griff nach den Bildern, aber der Schäfer zog die Hand mit großer Geste zurück:

"Das sind noch meine, bitte sehr."

"Und jetzt?"

Sternfeld reichte ihm fünf Zehner, sauber gefaltet.

"Nun sind Sie Besitzer einiger zauberhafter Fotos eines beeindruckenden Mädchens."

Eines zeigte Mel, wie sie in ihr Auto stieg. Sie wirkte entschlossen. Ein Blick, den er nicht an ihr kannte. Die Mel, an die er sich erinnern konnte, hatte gerade ihre Zahnklammer bekommen und machte den Mund nur noch in Notfällen auf. Schon vorher gehörte sie zu den Stillen. Als sie klein war, konnte man sie irgendwo absetzen und sicher sein, dass sie nach Stunden noch an derselben Stelle wartete. Pflegeleicht war sie. Und irgend etwas in ihm hoffte ja auch heute noch, dass er sie an der selben Stelle abholen konnte, wo er sie vor zehn Jahren verlassen hatte. Wieso schlich er sich an wie ein Spion? War sie immer noch pflegeleicht? Noch konnte er sich folgenlos zurückziehen...

"Wenn ich noch irgendwas für Sie tun kann, sagen Sie es ruhig." Fabian brauchte jeden Euro.

"Ich muss wissen, was sie vorhat. Wie es ihr geht. Aber Sie kommen ja nicht an Sie ran!" Sternfeld streckte die Zunge raus.

"Es wird nicht einfach sein."

"Nicht billig, meinen Sie. Zweihundert für einen ausführlichen Bericht. Und für jede blöde Erfindung fünfzig Abzug."

"Ich werde in vier Tagen liefern."

Juro hatte genug gesehen. Genug gehört. Solche Typen hatte er schon lange gefressen. Die verschacherten Menschen wie alte Autos! Und dabei hatte er sich gerade an seine kleine Hütte gewöhnt. Schade drum. Aber auch wieder nicht. Man durfte niemandem trauen auf dieser Welt.

Er biss die Zähne zusammen und ging mit sehr kleinem Gepäck. Er schaute sich nicht um. Seine Tiere folgten ihm. Ein Hund und eine Schar Mäuse. Sie erschraken, als die Luft aus den Reifen zischte, die Juro an Fabians Auto zerstach.

*

Melanie hielt an ihrer Lieblingskreuzung. Hier oben, auf der alten Heerstraße, die schon Napoleons Heere getragen hatte, konnte man den Westerwald ahnen und das Siebengebirge sehen. Wenigstens drei der sieben Hügel. Sie liebte diesen Blick, weil er vergessen ließ, wie viele Siedlungen hier Patz beanspruchten, wie viele Menschen sich hier mit ihren Nöten und Freuden wichtig taten und doch in den Falten dieses Geländes verschwanden und unauffindbar schienen. Nur die Staffelung der Hügelketten war hier zu studieren, das Verblassen des kräftigen Grüns bis hin zu einem kaum noch wahrnehmbaren

Grauschleier an der Horizontlinie. Und ein Himmel, der vom Meer erzählte! Von Weite und Raum, Kraft und verschwenderischer Lebensfreude!

Sie kurbelte langsam das Fenster runter. Hier oben war das Handynetz seit kurzem gut zu empfangen. Die Mailboxstimme turtelte:

"Sie haben einundachtzig neue Anrufe."

Na prima. Mel hielt den Kopf aus dem Fenster und atmete tief ein. Nach dreizehn Abfragen hatte sie den Eindruck, dass die Männer dieser Welt aus Geschlechtsorganen bestanden, die nach anderen Geschlechtsorganen gierten, primären und sekundären. Dafür sollte wollte sie nicht noch mehr Gebühren zahlen.

"Drücken Sie die Rautetaste, wenn Sie die Anrufe löschen wollen."

Mel schaltete ab. Sie stellte sich vor, dass sie einer dieser Bussarde wäre, die dort über den Weiden kreisten. Sie hörte ein einsames Hiää, den Schrei, der einen so oft auf Wanderungen hier begleitet. Sie sah, wie der braun gefiederte Mäusejäger seinen Kopf suchend nach links und rechts drehte. So allem entfliegen! Sie könnte, wann immer sie wollte, die Flügel ausspannen und sich erheben über den ganzen Dreck hier unten. -

"Hier können Sie jetzt nicht durch!"

Die Feuerwehruniform war dem Jungen noch zu groß, der mit wichtiger Miene die Weiterfahrt zu Juros Hütte verhinderte.

"Nur weil ihr hier ´ne Übung macht? Ich hab was abzuliefern! Eilige Kühlwaren!"

Der Bursche kramte, statt zu antworten, nach seinem Sprechfunkgerät und hielt es unbeholfen in beiden Händen. Mel konnte aus den Ziffern nicht schlau werden, die er da vor sich hin sprach, sie verstand nur Florian. Der Junge fasste das Ergebnis seiner Nachfrage in die Worte:

"Hier können Sie nicht durch."

Sie wendete und stellte das Auto in einem Seitenweg ab. Es waren nur wenige hundert Meter zu Fuß. Sie durchquerte eine Schonung. Sorsam achtete sie darauf, keine der jungen Buchen niederzutreten. Sie war nicht sonderlich aufgeregt. Dies und das zuende bringen. Sie hatte plötzlich das Gefühl, sich von diesen Wäldern bereits zu verabschieden. Sie musste einen Zaun überklettern, der die Schonung an einer Seite begrenzte. Als sie sich dann umsah, ahnte sie den Grund für die Straßensperre.

Die Luft roch brandig. Rauch stieg in dichten, fast weißen Wolken auf. Es wehte kein Wind. Das Wasser aus zwei Strahlrohren der Feuerwehr wies in großem Bogen auf das Fleckchen, wo einmal Juros Hütte gestanden haben musste. Die Fichten und das Unterholz im Umkreis von 80 Metern waren abgebrannt, schwarz glänzende Stümpfe qualmten vor sich hin.

"Da drüben sind noch Brandnester, Leute! Noch ist hier nicht Feierabend!"

Der Einsatzleiter schrie durch ein Megaphon, als hätte er Manhattan vor sich.

Melanie trat zu ihm und fragte:

"Was ist denn genau passiert?"

"Wer will das wissen?"

"Und wenn es die Zeitung ist?"

Mel hatte das Fragezeichen mitgesprochen, aber der Brandmeister überhörte es.

"Also, soviel wir jetzt wissen, hat hier wohl irgendein Penner sein Lager abgeflämmt. Ob mit Absicht können wir noch nicht sagen. Äh...schreiben Sie Obdachloser, o.k.?"

"Geht in Ordnung, Chef. Ist jemand zu schaden gekommen?"

"Bauer Bosbach. Dem gehören die Fichten. Gehörten."

"Nichts Auffälliges sonst?"

"Jemand hat bei einem Schäfer, der hier in der Nähe seine Herde hatte, die Reifen zerstochen. Der ist ganz aufgeregt. Aber ob da ein Zusammenhang besteht... Äh...schreiben Sie: an dem Auto von dem Schäfer, ja? Ich muss jetzt weitermachen." Er schaltete sein Megaphon wieder ein.

Mel ließ ihn weitermachen. Ein Feuerwehrmann machte Fotos von dem Häufchen, das einmal eine ziemlich gemütliche Hütte gewesen war. Die Blitzlichter machten im Hintergrund eine helle, fast runde Kugel mit Augen darin sichtbar: der Schäfer! Er stürmte auf Melly los.

"Und du gehörst auch zu ihm. Habt ihr euch abgesprochen, was? Ihr seid ja beide - kriminell. Ein feines Pärchen!"

"Ist Ihnen zufällig auch ein Fotoapparat abhanden gekommen? So einer, mit dem man kleine Mädchen gegen ihren Willen fotografiert? Das sollte mich nicht wundern, bei der Art, wie Sie mit Menschen umgehen."

Fabian hatte noch gar nicht daran gedacht, seine Kamera zu suchen. Wahrscheinlich hatte Juro sie mitgehen lassen, das Aas. Und wie sollte er jetzt den Bericht fertigstellen? Wie sollte er dieses Flittchen ausquetschen? Seine Hände verkrampften sich, als er auf Mel zuging:

"Ist er bei dir?"

"Kommen Sie mir nicht so plump, Schäfer. Melanie Sternfeld ist mein Name. Benimmregel Nummer 3: Stelle dich vor, wenn du jemandem begegnest, den du nicht kennst."

"Oh Mann, erst wird man von euch mit dem Messer bedroht und dann kommste mir mit Benimmregeln. Weber, Fabian. Pleite und stinkwütend."

"Ich hab ein Käsemesser von meinem Vater - geschenkt bekommen. Bedroht habe ich damit bis heute nur einen Appenzeller. Käse."

Sie wollte sagen: Ich habe ein Messer geerbt. So fühlte es sich jedenfalls an. "War das Ihr Auto mit den zerstochenen Reifen?"

"Blöde Frage. Nächste Frage."

"OK! Auf wen sind Sie so wütend?"

"Jetzt hör aber auf! Dieser Jugo fackelt fast die komplette Botanik ab, schlitzt meine Reifen, klaut die Pentax und wer weiß was noch alles. Und du fragst so saublöd daher..."

"Und warum kanns kein fanatischer Tierschützer gewesen sein? Ein Schafschütze?"

"Sehr komisch. Der Bursche hat gesehen, wie ich.... wie ich mit jemandem verhandelt habe und war dann nicht mehr ansprechbar. Als hätte ich ihn soeben für ein Handgeld ins Ausland verscherbelt."

"Und?"

"Was und?"

"Haben Sie ihn verscherbelt?"

"Davon lebe ich, na klar. Schade, dass ich für dich kaum ´n Fuffi kriegen würde. - Kannst du mich mitnehmen ins Dorf?"

"Vorsicht! Ich handle mit Haarwuchsmittel! Sie vergraulen mir die Kundschaft. Aber ich habe eine Mütze im Kofferraum. Einsteigen, aufsetzen, mitfahren."

"Anschnallen, abfahren, anrufen." Sie gingen zu Mels R4, aber diesmal nicht durch die Schonung. Im Auto fragte der Schäfer: "Kann ich mal dein Handy? Meins ist fest in Zigeunerhand."

Mel fischte es aus der Ablage und gab es ihm. Fabian starrte auf das Display. "Mädel, du hast hier 144 Anrufe drauf! Bist du Patin bei der Cosa Nostra?"

"Das ist nur meine Mami, die aus dem Koma erwacht ist. Sie wollten telefonieren, oder?"

Fabian wählte eine kurze Nummer: "Weber hier. Ich möchte einen

Überfall melden. - Nein, das nicht. Aber bitte, wer ist bei Ihnen für Ausländerkriminalität zuständig? - Sachbeschädigung? Nein, nein. Ein Überfall." Er sah Melanie an. Sie tat, als bemerke sie es nicht. "Für meine Begriffe war das organisiertes Verbrechen!"

Mel fuhr an den Straßenrand und hielt. Sie griff am Schäfer vorbei, stieß die Beifahrertür auf und bedeutete ihm, dass die Fahrt beendet sei:

"Handy her und raus!"

"He, was soll das! Ich telefoniere mit der Polizei!"

"Na eben. Jetzt nicht mehr." Sie nahm ihm das Gerät aus der Hand und schaltete es aus. "Hast du eine Ahnung, was die mit Juro anstellen? Die schicken ihn zurück nach Rattenland! Nur damit du dich besser fühlst. Verschwinde, Verräter."

"Doch nicht hier, Kleines...bis ins Dorf sind's noch vier Kilometer. Wie soll ich..."

Melanie sah ihm fest in die Augen. Sie spürte, wieviel Kraft sie das kostete, wieviel Energie in diesem Blick lag. Sie ließ es geschehen. Und es zeigte Wirkung. Fabian Weber konnte sich von ihrem Blick kaum lösen und verließ ohne weiteren Widerspruch das Fahrzeug. Sein Mund stand offen.

Melanie blinzelte sich im Rückspiegel zu und fuhr nach Hause. Sie wusste nicht, wie sie diese Geschichte einordnen sollte. Es hatte ihr Spaß gemacht, energisch zu werden. Sie war stolz auf ihren Erfolg. Doch sie wusste nicht, wie sie es angestellt hatte. Vielleicht würde sie sich daran gewöhnen müssen, etwas seltsam zu werden. Wer Mäuse sprechen hört und Schein-Schäfer bändigt, ist entweder ziemlich durch den Wind oder einfach ein Sieger-Typ. Bei dem Wort lief es ihr kalt den Rücken runter. Seltsamerweise nicht bei der Vorstellung, durchgeknallt zu sein. Darüber wollte sie gelegentlich nachdenken.

Für jetzt beschloss sie, die Dinge laufen zu lassen. Was blieb ihr übrig? Sie musste ihre Angelegenheiten ordnen, Koffer packen und ihr eigenes Leben beginnen. Sie würde mit Mama reden.

Und sie würde nicht ohne ihr Tagebuch nach Ulm fahren!

10 Untersuchungen

Dr. Ritter hatte seinen routinemäßigen Hausbesuch bei Frau Sternfeld vorgezogen. Seit dem Gespräch mit Melanie machte er sich Sorgen. Letzte Nacht hatte er sogar Überstunden gemacht und von seiner Patientin geträumt. Er sah sie in ihrem brennenden Haus herumlaufen und überall Blumen pflanzen. Feuerengel Feuerteufel.

"Welchen Tag haben wir denn heute, gnä' Frau?"

"Ach, hören Sie doch auf mit dem Unsinn, Doktor! Ich bin auf der Höhe der Zeit und im Vollbesitz meiner geistlichen Kräfte. Das wollen Sie doch rauskriegen, oder? Wir haben Samstag, elfuhrdreißig. Und Sie sagen mir jetzt, auf welchem Breitengrad Waldberg liegt!"

"Äh...zweiundfünfzigster?"

"Nicht schlecht! Das waren die Minuten. Und die Winkelsekunden? Na? - Da passen Sie. Mein liebes Doktorchen, ich sorge mich ernstlich um Ihren Geisteszustand."

"Schaun's, Frau Sternfeld, ich meins doch net bös. Ich möchte halt nix versäumen, was vielleicht nötig wäre. Und dieser Fragebogen hilft mir, Ihre Pflegestufe zu bestimmen. Ihr Fräulein Tochter hat so gedrängt, dass ich das jetzt endlich mach. Und wenn ich da etwas Falsches eintrag, wird die Versicherung nicht genug zahlen. Alles, was Sie selber noch erledigen können, zahlen die natürlich nicht. Sie wollen doch unbedingt in Ihrem Zuhause bleiben und nicht in ein Pflegeheim. Wär doch fein, wenn da immer jemand käm und nach Ihnen schauen würde. Diese Fragen liegen doch auch in Ihrem Interesse."

"Was in meinem Interesse liegt, weiß nur ich allein. Nicht Melanie. Nicht irgendwelche Ciceros. Und erst recht nicht Sie. Ich hab Sie nicht gerufen. Wieso sind Sie überhaupt heute schon gekommen?"

"Ich dacht, ich schau mal nach Ihnen. Und so, wie Sie da lagen, war's ja auch ganz gut, dass ich mal nach dem Rechten schau. Die Melanie macht sich ja etwas rar in letzter Zeit, net wahr?"

"Das gibt sich. Ich weiß auch schon wie. Und pflegen kann ich meine Stufen selbst. Wenn Sie sich die Treppe mal ansehen wollen..."

"Sein's net albern, Frau Sternfeld. Das hab ich net verdient. Aber wenn Sie zur Zusammenarbeit gar nicht bereit sind, dann hat's eh kan Sinn mit uns. Wer ist Cicero?"

"Das geht Sie nun wirklich nichts an, gnä' Herr. Man hat ja auch noch ein Privatleben! Und damit Sie getrost abziehen können, zeig ich Ihnen jetzt, dass ich mich alleine ausziehen kann. Und dann mach ich noch das Klofenster sauber und koch' uns eine Lasagne."

"Na, habe die Ehre. Die Lasagne dauert mir zu lange und das Ausziehen geht mir zu schnell, fürchte ich."

"Jetzt sind Sie verschnupft, was? Heiße Bäder, Doktor! Und lassen Sie sich gelegentlich mal von mir zeigen, wie man eine Krawatte richtig bindet! Nix für ungut."

Dr. Ritter hatte genug und kramte seine Fragebogen zusammen.

"Ich sehe dann nächste Woche wieder nach Ihnen, ja? Empfehlung für das Fräulein Tochter."

"Rufen Sie besser vorher an, Doktorchen. Wenn ich mal ausschlafen muss, brauch ich nicht gleich einen Arzt. Ein bisschen Ruhe dürfen Sie mir gönnen. Ich bin vielleicht manchmal schräg, aber noch lange nicht reif für die Entsorgungsstation. Empfehlung zuhause. Sie kennen den Weg."

Als sie das Geräusch des abfahrenden Mercedes hörte, beruhigte sie sich langsam. Ihr war schwindelig. Sie war nicht gern so ruppig zu

Ritter gewesen. Sie mochte ihn und wusste, dass er sie schätzte, wahrscheinlich auch als Frau schätzte. Aber er musste doch endlich aus dem Haus! Sie musste die Sache mit dem Fax regeln. Wahrscheinlich war das eine Terminsache, die sie nicht verbummeln durfte!

Das Gerät streckte Mama mit seiner Papierschlange die Zunge raus. Sie riß das Blatt energisch ab und sah sofort, dass sie Recht gehabt hatte. Es war brandeilig: "Wir bestätigen den termingerechten Eingang Ihrer schriftlichen Anmeldung via Fax zum Sommersemester d.J. Legen Sie umgehend die noch erforderlichen Unterlagen (s.u.) im Studentensekretariat der Universität Ulm, Zi. 302, vor."

Das Fax war von einer Frau Duck unterschrieben. Mama tippte die Durchwahlnummer. Niemand würde sie abschieben können. Nirgendwohin!

*

Justus Sternfeld hatte sich darauf eingelassen und war kurz vor 21 Uhr zum Bahnhof nach Siegberg gekommen. Die Stimme, die er am Telefon gehört hatte, passte zu seinem Eindruck, dass er Agent in seiner eigenen Sache geworden war: Ein Schnüffler in einem Vaterschaftsprozess, den er sich selbst zu machen begann. Weber hatte sich nicht gemeldet und war mit den paar Euro wohl irgendwo versackt. Schwamm drüber. Aber diese Stimme versprach fast schon intime Details aus den Lebensplänen der Melanie S. Ihr Vater vermutete, dass die Stimme zu dem Jungen gehörte, den er bei Weber gesehen hatte. Ein Grund mehr, sich vor diesem Treffen nicht zu fürchten. Den würde er mit einem Taschengeld bezahlen können. Vielleicht hatte Melanie sich ihm anvertraut. Albern und schäbig war diese Geheimniskrämerei. Aber nur so konnte er sich wieder aus dem Staub machen, ohne alte Wunden aufgerissen zu haben. Aber wessen Wunden wollte er schonen? Was versprach er sich von dieser sentimentalen Reise? Manchmal wusste er das nicht, aber es wurde Zeit, sich diesen Fragen zu stellen. Hohe Zeit.

Juro hatte den Treffpunkt gut gewählt, wie er fand. Einerseits mitten in der Kreisstadt und durch die Bahn verbunden mit der Welt, in die er fliehen könnte, wenn die Sache schiefging. Andererseits waren diese grauen Wohncontainer an der Großbaustelle so langweilig, dass man hier ungestört ein paar Stunden arbeiten konnte. Ja, Arbeit war das für ihn. Er hatte einen Auftrag. Einen selbst gestellten Auftrag. Er würde diesen Schweinen das Handwerk legen!

Den Container musste er nicht knacken. Einen Schlüssel hatte er damals von den Schleusern bekommen, die ihn hier vor den Bullen versteckt hatten, im obersten der drei Blechboxen. Alle drei standen leer, weil es mit der Baustelle nicht weiterging. Irgendwas war abgesoffen, hatte er gehört. Wahrscheinlich der Geldgeber.

Der Abend war kühl. Die Container wurden von Halogenstrahlern aus dem Dunkel gerissen, um Materialklau zu erschweren. Sternfeld fand rasch die kleine Lücke im Bauzaun neben dem Parkhaus, die ihm die Stimme beschrieben hatte. Er stapfte über Bauholz und Stahlträger hinweg bis zu der Außentreppe, die an den Containern klebte. Seine Schritte hallten erschreckend laut, und er bemühte sich, seinen Auftritt hier ganz selbstverständlich aussehen zu lassen. Deswegen vergaß er alle Vorsicht und öffnete die Blechtür, als sei er hier zuhause. Vom Strahlerlicht waren seine Augen noch so geblendet, dass er sich nicht orientieren konnte. Er stolperte in ein schwarzes Loch, fiel über etwas Weiches und spürte einen Schlag vor die Stirn.

So ist das also, dachte er, bevor der Schmerz ihn erreichte.

Juro hatte den Empfang perfekt vorbereitet. Es genoss es, dass alles so eingetroffen war, wie er es geplant hatte. Es erinnerte ihn an die Spiele mit den Dominosteinen. Wenn man sie alle sorgsam aufgestellt hatte, fielen sie mit leisem, fast motorischem Geklacker um, bis auch der allerletzte Stein genau dort lag, wo er liegen sollte. So lag

Sternfeld jetzt vor ihm. Mit zwei Kabelbindern war er rasch und dauerhaft gefesselt. Klebeband verschloss ihm das dreckige Maul. In seiner Brieftasche fand er die Bilder von Melanie. Auch zwei Kinderbilder waren dabei, aber Juro erkannte Melanie darauf nicht. Es war ein nacktes Kleinkind. Und der Typ da am Boden war einer von denen, die von überall her solche Kinder herbeischafften für andere Typen. Juro ekelte sich. Aus seinem Dorf waren allein acht Kinder auf diese Weise verschwunden. Junge Mädchen gab es bald kaum noch. Man erzählte ihm, sie hätte jetzt Arbeit im Westen, aber er wusste Bescheid.

Er wunderte sich, dass der Mann unbewaffnet war. Irgendwas stimmte mit dem nicht. Kein Mädchenhändler würde einem Jungen so glatt in die Falle laufen. Aber vielleicht war es ein Anfänger oder einer, der nur nebenbei etwas verdienen wollte. Egal. Niemand würde seine Melanie anrühren.

Sternfeld erwachte aus seiner Bewusstlosigkeit. Die Schmerzen an den Handgelenken waren das erste, was er wahrnahm. Dann stach ein brandiger Geruch in seine Nase. Und viel später erst wurde ihm klar, dass er gefesselt in einer Stahlschachtel lag, die ihm jetzt wie ein verdammter Blechsarg vorkam.

Von draußen kam ein ganz schwacher Lichtschein durch das kleine Fenster. Sternfeld sah auf dreckige Gummistiefel und Tischbeine. Die gehörten wohl zu dem Stahltisch, auf dessen Kante er gefallen war. Wenn er den Kopf in Richtung Füße Drehte, konnte er das Drahtseil erkennen, über das er gestolpert war. Ein feiner Ausflug in die Welt des James Bond war ihm da gelungen! Und das alles, um zu erfahren, wie es der eigenen Tochter geht!

Das Pappschild hatte er zuerst gar nicht wahrgnommen. Es war an eines der Tischbeine gelehnt worden und informierte ihn in furchtbarem Deutsch über seine ziemlich trostlose Situation:

"Melanie ist mir! Du kannst keine Frau verkaufen mehr. Conteener ist Grill für dich, du Schwein. Feuer im Conteener ganz unten. Warte bischen!!! Heiße Füße kriegst du. Und mehr."

Sternfeld wusste nicht, ob ihm der Boden wirklich schon heiß wurde oder ob er sich das einbildete. Er hoffte sehr, dass es nur Autosuggestion war. Als einer der Gummistiefel vor seiner Nase beißend zu stinken anfing, robbte er zur Tür und schrie drauflos, währen gerade ein Zug im Bahnhof einlief. Eine Maus versuchte vor ihm irgendwie durch die Tür zu entwischen, hastete hin und her am winzigen Schlitz zwischen Boden und Türkante. Sie war zu dick. Viel zu dick.

*

Mama hatte Glück. Frau Duck war sofort am Apparat.

"Meine Tochter möchte ihre Anmeldung zurückziehen, bitte. Sie hat bereits eine Zusage aus Hamburg und lässt ausrichten, dass es ihr Leid tut, wenn sie Ihnen unnötig Arbeit gemacht hat."

Mama sprach wie auswendig gelernt. Sie hatte den Text eingeübt, um sich nicht verunsichern zu lassen. Hatte gehofft, dass sie mit Bestimmtheit in der Stimme am schnellsten zum Ziel kommen könnte.

"Gut, dass Sie anrufen, Frau Sternfeld. Wir haben da immer noch einige Kandidaten auf der Warteliste. Da wird sich aber jemand freuen. Vielen Dank. Das passiert selten, dass jemand eigens anruft. Die meisten bleiben einfach weg."

"Man weiß doch, was sich gehört, nicht wahr. Also nochmal: Nichts für ungut!"

Mama legte den Hörer behutsam auf. Wollte die schöne, runde Aktion nicht durch eine hastige Handlung stören. Sie ging zum Wohnzimmerschrank und holte sich den Klosterlikör aus Siegberg, den sie immer trank, wenn ihr etwas gelungen war in ihrem Leben. Die Flasche war noch ziemlich voll.

Melanie merkte sofort, dass etwas nicht stimmte mit ihrer Mutter. Immer wenn sie etwas "angestellt" hatte, bewegte sie sich anders als sonst, ruderte mit den Armen und machte beim Gehen trippelnde Kinderschritte. So kam sie jetzt ihrer Tochter bis an die Tür entgegen. Mutter blieb sonst immer in ihrem 50-er-Jahre-Sessel sitzen und sah nicht auf, wenn Mel heimkam. Sie erwartete, begrüßt zu werden, das stand ihr zu, als Mutter.

Mel sah über sie hinweg, um vielleicht schon beim Hereinkommen etwas zu bemerken, was unbedingt sofort zu beseitigen, zu retten oder zu löschen wäre, aber da war nichts. Äußerlich war im Flur und im Wohnzimmer alles in Ordnung. Nur der Klosterlikör machte sie stutzig.

"Na, was hast du so gemacht?", fragte Mel beiläufig.

"Das sollte ich wohl fragen! Mein liebes Kind, wenn Dr. Ritter nicht zufällig nach mir gesehen hätte, wer weiß, ob du mich noch begrüßen könntest.... Mich einfach so daliegen zu lassen, um dich mit irgendwelchen Leuten zu amüsieren. Strafbar ist das, unterlassene Hilfeleistung! Ein guter Staatsanwalt macht da auch eine fahrlässige Tötung draus! Die eigene Mutter! Ich..."

"Lass den Unsinn, Mama. Der Doktor hat dir nach eurer ausgiebigen Feierei eine Spritze gegeben. Du hast wunderbar geschlafen. Und Dr. Ritter hat dich dann wohl auch geweckt. Rundumversorgung, Mutter, kein Totschlag."

Entschlossen griff sie zur Likörflasche und stellte sie an ihren Platz zurück. "Ich muss mit dir reden, Ma."

"Und dazu musst du mir meine Medizin wegnehmen? Wird ein tolles Gespräch werden!"

"Nein, toll wird das nicht. Aber es muss sein."

Mel setzte sich aufs angejahrte Chippendale-Sofa und schlug die Beine übereinander, um zu sagen, dass sie jetzt und hier mit ihrer Mutter reden werde. Mama ging zum Schrank, schenkte sich betont langsam noch einen Erfolgs-Schnaps ein und setzte sich Mel gegenüber in ihren Sessel.

"Ich habe einen Studienplatz, Mutter." Mel legte eine Pause ein, um die Wirkung ihrer Worte kontrollieren zu können. Doch da war keine Wirkung.

"Und ich werde am Montag in Ulm mit den Vorlesungen beginnen. Nichts wird mich davon abhalten können."

Mutter kicherte mit einer eigentümlich hohen Stimme, hielt sich die Hand vor den Mund.

"War es nicht Hamburg?", lachte sie. "Dort soll man auch recht hübsch studieren können. Und all die Matrosen! Pass nur schön auf dich auf, Kind."

Melanie wurde hellhörig.

"Wieso Hamburg? Wie kommst du darauf? Wir haben nie darüber gesprochen."

"Da war nichts zu besprechen."

"Für dich nicht. Du hast immer die augen vor der Wirklichkeit verschlossen, wenn sie dir im Weg war. Und deswegen kann ich dir nur mitteilen, was jetzt Stand der Dinge ist. Richte dich damit ein. Oder lass es."

"Dir ist also egal, was aus mir wird?"

Killerfrage, mütterlicherseits. Wenn ihr jetzt keine passende Antwort einfiele, hätte Ma gewonnen. Matt in drei Zügen. Sie wollte sich nie wieder matt setzen lassen. Nicht so! Nicht von ihr!

"Ich werde mein Leben leben, und du wirst deines leben. Jeder für sich. Mir ist nicht egal, wie du lebst. Im Gegenteil: Es ist mir viel zu wichtig! Wenn ich sehe, wie du dein Leben führst, dann packt mich die kalte Wut, die Trauer, oder irgendwas dazwischen!"

"Ich weiß, dass du mir nichts gönnst! Du standest immer schon zwischen mir und dem Leben! Seit deiner Geburt ist das so, und dein

Vater hat dich dabei immer unterstützt. Nie stand er auf meiner Seite, nie hat er dir Grenzen setzen können!"

"Lass Vater aus dem Spiel. Er spielt schon lange nicht mehr mit. Das hier geht jetzt nur uns beide an. Was du Leben nennst, macht dich auf Dauer kaputt. Und weißt du was? Ich glaube, du willst das auch so. Und mich willst du auf diese Reise mitnehmen. Ich steig da aus, Ma. Heute noch."

Mutter lächelte säuerlich, schlürfte dann ihren Likör, hielt das leere Glas hoch und leckte es geräuschvoll aus. Rülpste leise.

"Du kannst ja dein Erbe verprassen. Wenn dir das Geld ausgeht, kannst du Eiswürfel verkaufen in Hamburg." Ma lachte grölend.

"Ulm, Mutter. Ulm. - Ich packe jetzt meine Sachen. Und bis ich fertig bin, hast du diesen Cicero angerufen und wenigstens das Tagebuch hergeschafft, das er mir geklaut hat. Ihr könnt's euch dann ja noch nett machen. Soll ja nicht heißen, ich würde dir nichts gönnen."

"Ich schick ihm ne Mail."

"Du rufst ihn an. Und schreib mir Name und Adresse auf, damit ich dem Herrn mal Beine mache."

Melanie stand auf und brachte Papier, Stift und Telefon. Dann ging sie die Treppe hoch, ließ sie die Dachbodentreppe herab und holte sich einen kleinen Koffer, mit dem sie in ihrem Zimmer verschwand. Was hatte Ma nur immer mit Hamburg?

Frau Sternfeld wählte unterdessen Ciceros Nummer. Sie musste ihn warnen. Und er musste ihr helfen.

Es würde bestimmt lustig!

11 Freier

Juro kam einfach durchs Fenster in Melanies Zimmer. Andere hätten Steinchen geworfen oder gerufen. Er setzte sich wortlos auf Mels Bett und betrachtete die Hosen und Pullis, die gestapelt auf dem Sessel lagen. Mel starrte ihn an:

"Du wirst nochmal ein tüchtiger Kleinkrimineller, Juro. Mach nur so weiter!"

"Ich stoppe die Verbrecher!" Juros Augen blitzten Wut und heiligen Zorn! Aber sie konnte ja nicht wissen, was er soeben für sie getan hatte.

"Du ziehst die Typen an wie ein Magnet, Junge. Aber bitte, es ist dein Leben. Ich hab bald Übung in Trennungen von Mein und Dein. Und soll ich dir was sagen? So schlimm ist es gar nicht."

"Versteh ich nicht. Wohin willst du?"

"Ich fahre noch diese Nacht nach.... Ich habe zu arbeiten. Muss morgen anfangen. Geht nicht anders."

"Ich habe keine Arbeit."

Mel ahnte, woran er dachte.

"Vergiss es, Kleiner. Dich kann ich nun wirklich nicht gebrauchen dort! Glaubst du, ich reiße mich von meiner Mutter los, um dann mit dir am Hals herumzuziehen? Vergiss es sofort!"

"Ohne mich wärst du morgen weg!"

"Red kein Blech. Ich bin noch heute weg. Ohne dich."

Juro fegte mit dem Fuß einen Haufen Slips vom Sessel.

"Fast haben sie dich verkauft! Ich hab den Typ gefangen und kaputt gemacht. Die wollten dich wegbringen. Ich hab den Kopf riskiert. Für dich."

"Oh Juro, mein Held! Mein Retter! Sind wir hier im Kino? Wir sind in meinem Zimmer und du hebst sofort die Wäsche auf, sonst mach ich Zigeunergulasch aus dir, Knirps."

Juro packte die bunten Höschen, stapfte damit zum Fenster und warf sie hinaus in die Dunkelheit. Mel griff nach irgendwas Handlichem auf ihrer Kommode, erwischte die Haarspraydose, zielte, drückte ab und traf. Griff in Juros Haar, zog, riss, stieß ihn aus der Tür, trat nach ihm, schrie wie von Sinnen:

"Verpiss dich, Jugo! Und nimm Mutter mit, du kannst sie haben! Ich brauch sie nicht mehr, und du brauchst dringend eine!"

Knallte die Tür zu, warf sich auf den Teppich, weinte. Weinte fast eine Stunde lang. Weite so lange, dass sie kaum erkennen konnte, was da am Boden lag, neben dem Sessel, der bei dem Kampf umgefallen war. Eine Brieftasche, schwarz, ledern. Wollte sie dem Mistkerl hinterher werfen. Sah erst hinein, als Fotos herausfielen. Fotos von ihr. Im Auto. Auf der Schaukel im Garten des Elternhauses. Fand einen Führerschein, ausgestellt auf Justus Sternfeld. Das Gesicht auf dem Foto war sehr ernst.

"Ich wusste, du kommst."

Juro blinzelte ein wenig und rieb sich die Augen, sonst war ihm nichts anzumerken. Irgendwie schien ihm der Kampf gut getan zu haben. Seine Frisur war durcheinander und sah pfiffiger aus als vorher.

"Klette!", zischte Melanie, die ihn noch im Haus angetroffen hatte. "Wie kommst du an diese Brieftasche?"

"Hab den Typ gefilzt, bevor er verbrannt ist. Mädchenhändler kenn ich zehn Meilen Gegenwind. Hab ich zuhause genug gesehen."

"Noch einmal und langsam, ja? Woher ist die Brieftasche? Wer ist verbrannt?" Sie hatte plötzlich eine furchtbare Vision.

Mutter war durch das Geschrei alarmiert worden und rief aus dem

Wohnzimmer, mit verschlafener Stimme: "Mit wem redest du denn da, Melly?" Sicher hatte sie noch zehn gute Gründe für ein Likörchen gefunden.

"Das ist Juro, Mutter, der wird dir noch viel Freude machen und sich um dich kümmern!"

"Fein! Stell ihn mir doch mal vor, bitte."

"Oh Mann, sie kommt nicht mal her, um nachzusehen. Du kannst dir demnächst deine Krimis mit ihr zusammen angucken. Mädchenhändler! Du bist vollkommen verpeilt, Mann!"

Sie holte den Führerschein hervor und wies auf das Bild:

"Hast du den hier beklaut?"

"Gefilzt, ja?! Gefangen, gefesselt, gefilzt. Der nie wieder mit Mädchen handelt. Versprochen."

Juro erwartete die Anerkennung, die dem Drachentöter gebührt.

"Dieser Mann hier ist mein Vater! Was hast du mit ihm gemacht?"

"Ein Vater geht nicht mit Fotos rum und schleicht sich nicht an Mädchen. Ein Vater..."

"Was weißt denn du, was Väter tun, hm?"

Melanie biss sich auf die Unterlippe. So gemein wollte sie nicht sein, aber an diesem Abend war eh alles verrückt.

"Lesen müsste man können! Hier: JUSTUS STERNFELD. Ich Melanie Sternfeld. Du kapieren? Und jetzt sag mir um Gottes willen, wo er ist!"

*

Bis nach Siegberg braucht man eine Stunde. Mit dem R4 anderthalb. Mel war in 45 Minuten am Siegberger Bahnhof. Wusste selbst nicht, wie das zuging. Juros wirre Story hatte sie sich unterwegs noch ein paar mal aufsagen lassen, aber es reichte nicht, um die Polizei anzurufen. Sie konnte nur hoffen, dass der Junge seine traumatischen Fluchterlebnisse in diese Geschichte hineinphantasiert hatte. Bestimmt hatte er nur zufällig ihren Vater beklaut, der sich irgendwo in Siegberg aufhielt. Rein zufällig. Und um sich wichtig zu machen, hatte er dann diese Geschichte erfunden.

Die erste Enttäuschung kam schnell. Die Container gab es wirklich. Und die hellen Strahler. Den Bauzaun. Das Blaulicht der Feuerwehr. Die Glut, diese schreckliche Glut der Metallboxen in der Nacht, die sogar die Scheinwerfer überstrahlte. Eisen schmilzt bei 1000 Grad, fiel Melanie ein.

"Fahren Sie weiter!", rief ein älterer Polizist ihr durchs Autofenster zu, doch Mel schüttelte wild den Kopf und stieß die Fahrertür auf, so dass der Beamte ins Wanken geriet.

"Ist da jemand drin?", schrie sie los. "Haben Sie überall nachgesehen?"

"Junge Frau, die Baustelle ist stillgelegt, da ist niemand. Da kann niemand sein. Was interessiert Sie das denn? Kommen Sie doch mal mit."

Juro nutzte den Augenblick, den der Beamte im Studium von Mellys Augen zubrachte, um sich zu verdrücken. Mel sah nur das glühende Stahlblech, das die Farbe von Toasterdrähten angenommen hatte, wenn man den Röster auf die höchste Stufe stellt. Sie folgte dem Polizisten zu dem grünen Bus, auf dem "Einsatzleitung" stand, stieg willig ein und schrie los: "Ist da noch jemand drin? Haben Sie jemanden gefunden?"

"Wen hätten wir denn finden sollen, Frau.... Setzen Sie sich bitte und weisen Sie sich aus."

Melanie setzte sich auf den Rücksitz und streckte sich, um aus dem Wagenfenster sehen zu können. Wenn ihr Vater nun in einer dieser Kisten war? Was hätte sich eigentlich dadurch geändert? War er ihr nicht schon vor langer Zeit gestorben?

Sie zog ihre Geldtasche aus der Hosentasche und fischte den Ausweis heraus. Der Einsatzleiter, ein ziemlich müde aussehender Mann kurz vor der Pensionierung, macht einige Notizen. "HBM Remshagen" stand auf seinem Namensschildchen auf der blauen Uniformjacke. Er hielt ihr den Ausweis hin, aber Melanie reagierte nicht.

"HBM?"

"Wie bitte?"

"Was ist HBM?"

"Äh..ja: Hauptbrandmeister. Aber Frau Sternfeld, Sie haben meine Frage noch nicht beantwortet."

"Mein Vater soll da drin liegen, ganz oben."

"Die Baustelle ist seit neun Wochen stillgelegt, Frau Sternfeld. Die Arbeiter sitzen längst zuhause, wenn sie nicht beim Arbeitsgericht um ihren Lohn kämpfen. Was bitte sollte ihr Vater dort oben tun?"

"Der Juro hat ihn dort gefangen und gefesselt, weil er glaubte, dass er ein Mädchenhändler ist, und dann hat er... dann...

"Ja?"

"Dann hat er mir das alles erzählt und ich bin hergekommen, um meinen Vater zu befreien."

"Nun also, Frau Sternfeld, es ist spät und dies ist heute mein vierter großer Einsatz. Keine Kätzchen vom Baum holen, sondern richtig heiße Sachen. Wir hatten einen Todesfall dabei. Da wollen wir doch mal ganz schlicht unsere Arbeit tun. Erstens: Da oben war niemand, nicht in der Mitte, nicht unten. Ich habe drei meiner besten Leute unter Lebensgefahr da rein geschickt, und wenn die sagen, da ist niemand, dann ist da niemand. Eine Handvoll Mäuse haben sie mitgbracht, zutrauliche Viecher. Und einen streunenden Hund. So sind meine Männer. Zweitens: Wer ist Huro?"

"Juro."

"Egal. Also?"

"Ein Freund, ein Junge, dreizehn oder so."

"Orientale"?

"Wieso?"

"Sollen geniale Geschichtenerzähler darunter sein, hab ich gehört."

"Weiß nicht. Vielleicht."

Das Funkgerät brüllt irgendwas dazwischen. Melanie versteht nichts.

"Einen Moment, Fräulein. Bleiben Sie sitzen. Schön sitzen bleiben. - Schneider und Brandt halten Wache, hab ich gesagt. Ja, ich weiß, hab selbst drei Kinder. - So, Fräulein. Nun wollen wir mal ernst werden. Das hier ist keine Naturkatastrophe, wo man die Hände überm Kopf zusammenschlägt, weil alles so sinnlos ist. Das niedliche Feuer hier wurde mit Brandbeschleunigern gefüttert. So wie es aussieht, war's Benzin. Brandstiftung nennt man sowas. Also bringen Sie uns diesen Jugo. Nach seinen Personalien zu fragen ist ja wohl zwecklos, vermute ich."

Melanie schwieg. Nicht weil sie nicht antworten wollte. Ihr Kopf dröhnte wie ein überlautes Funkgerät. Sie hörte die Durchsagen, verstand sie aber nicht. Eine war: Papa ist nicht tot! Eine andere: Juro ist weg. Juro Brandstifter. Juro tötet! Dazwischen immer wieder: Philos war hier. Wo ist er? Wo ist Papa?

Sie brachte aber nur heraus:

"Wo ist der Hund?"

"Brandmeister Jochum hat selbst so einen, sagt er. Er beruhigt ihn im Mannschaftswagen. Wenn wir endlich abrücken können, bringt er ihn nach Trostdorf, ins Tierheim. Wieso?"

"Ich kenne ihn, glaube ich."

"Kamerad Jochum?"

"Den Hund. Es ist mein Hund. Vielleicht. Ich glaube..."

"Was sollte der hier herumstreunen? Sie haben da eine Adresse in Waldberg im Ausweis eingetragen."

"Weiß nicht."

Remshagen knarrte ins Mikro. "Jochum zum ELW. - Manches lässt sich ganz einfach klären, Fräulein."

Jochum kam mit Philos an die Schiebetür.

"Bleib draußen mit dem Vieh!", schrie der Einsatzleiter. Und an Melanie gewandt: "Ist das der Hund, an den Sie glauben?"

Mel sprang auf von der klebrigen Plastiksitzbank und schob die Tür zur Seite. Philos sprang hin und her und schüttelte sich. Er war völlig verstört, ließ sich aber von Mel schnell beruhigen, als sie den Arm um ihn schlang und seinen Namen flüsterte. Die Körperwärme des Tieres ließ die Anspannung der letzten Stunden schmelzen. Melanie schluchzte laut auf und weinte in das weiche Fell ihres Hundes. Philos. Freund. Mel wusste, dass es nur die halbe Wahrheit war. Auf die Treue dieses Tieres konnte sie sich nicht mehr verlassen. Juro oder irgendein anderer könnte ihn erneut behexen. Wut mischte sich in den Tränenstrom. Wut auf die Kletten, die sie niemals würde abschütteln können. Wut auf die Menschen, die sich nie wirklich an sie binden konnten. Wut auf Papa. Wut auf Mama.

Der Brandmeister legte eine Hand auf ihre Schulter.

"Ist doch alles gut, Mädchen. Der Hund hat Sie, Sie haben den Hund wieder."

Melanie schüttelte die Hand ab, schrie:

"Alles ist gut! Was wissen Sie denn? Suchen Sie meinen Vater! Der war dort oben in dem Kasten und wäre fast verbrannt. Ich weiß nicht, wie er dahin kam, was er da wollte. Ich weiß nicht, wo er jetzt ist. Juro ist ein Brandstifter und glaubt mich retten zu müssen vor meinem eigenen Papa! Und Sie sagen, es ist alles gut."

Der Einsatzleiter mischte sich ein, sprach aus dem Wagenfenster:

"Das mit dem Brandstifter halten wir mal fest, Heinz. Haste auch gehört, oder?"

"Ja, hab ich." Jochum antwortete mürrisch. Wollte das Mädchen beruhigen. Aber gehört hatte er es auch. Vielleicht könnte er das Mädchen mit einer Aufgabe ruhig stellen? Er öffnete vorsichtig die schwarze Klappe einer Werkzeugtasche, die er neben sich abgestellt hatte.

"Können Sie damit was anfangen?"

Mel schaute reflexartig in die Tasche.

"Geben Sie her. Ich kenne die Mäuse. Sie sind mir irgendwie zugelaufen. Oder ich hab sie geerbt."

"Ja, aber die Tasche!"

"Die können Sie behalten."

"Brauch ich nicht." Sprach's , griff hinein und steckte sich die erste Maus in ihre Jackentasche, dann die zweite, dann Nummer drei und vier zusammen. Ohne auch nur mit der Wimper zu zucken. Der Brandmeister zuckte dagegen sehr, mit Wimpern und überhaupt. Er warf seinem Chef einen Blick zu, der die Welt und besonders dieses Mädchen für verrückt und ziemlich eklig erklärte. Der Einsatzleiter verdrehte die Augen und schob das Wagenfenster entschlossen zu.

Ein Streifenwagen hielt hinter dem Bus. Eine blonde Polizistin stieg aus, während ein Schnauzbart im Wagen blieb. Hinter ihm saß Juro und sah zu Boden, als könnte er dort unten eine neue Heimat finden.

"Polizeiwachtmeister Küppers. Sind Sie die Freundin dieses Jungen?" Sie wies auf Juro.

Mel schüttelte langsam den Kopf.

"Kennen Sie den Burschen?"

Kopfschütteln, heftiger: "Wer soll das sein?"

"Max! Mach mal Licht!"

Melanie schaute scheinbar interessiert ins Wageninnere, das jetzt schwach beleuchtet war.

"Ich weiß nicht, wen Sie da aufgegabelt haben. Das ist nicht Juro."

Die Beamtin verschwand im Bus der Feuerwehr, kam dann heraus und ging zu ihrem Wagen. Als sie die Tür öffnete und sich vom ihrem Kollegen eine Zigarette erbat, sprang plötzlich Philos aus der Dunkelheit hervor und wirbelte, so gut er konnte, über den Fahrersitz auf Juros Schoß, wo er zufrieden und wie ein Sieger dreinblickte.

"Ach ja.", sagte die Polizistin nur. Und dann gab sie Max die Zigarette zurück.

"Na, denn kommen Sie mal mit auf die Wache."

Melanie sagte leise:

"Philos heißt Freund."

*

"Lass die Flasche zu! Ich habe mit dir zu reden. Wenn du ein Freund bist, hilfst du mir." Mama redete wie so bestimmend wie ein Gemüsegroßhändler, der aufpassen muss, dass man ihm keinen faulen Apfel andreht.

Cicero stand in der riesigen Küche, mit dem Rücken an den Kühlschrank gelehnt. In der Linken hielt er eine Flasche vom Standardschampus. Seine Haltung verriet angespannte Vorfreude, auf was auch immer. Er hatte seine Eroberungsreise durch

Westdeutschland unterbrochen und war dem Ruf seiner "Alice" gefolgt, auch auf die Gefahr hin, dass sie ihn zur Rede stellen sollte. Ihre Stimme am Handy hatte ziemlich scharf geklungen, aber dahinter hatte er genug Verzweiflung gehört, um sein Risiko als lächerlich gering einzustufen. Seine Aussichten dagegen erschienen ihm immer noch ansehnlich. "Große Worte, kleine Freundin! Ich helfe, wo ich kann. Mehr will ich nicht versprechen."

Mama nahm die Zurückhaltung in seiner Stimme wahr und setzte sich darüber hinweg. Viel war es ja nicht, was sie wollte. "Ich überlebe das nicht, wenn Melly wegzieht. Ich weiß es genau. Aber mit allem, was ich dagegen unternehme, mache ich sie nur trotziger. Ich weiß das. Ich war früher auch so."

Sie trat auf ihn zu und nahm ihm die Flasche aus der Hand, schob ihn zur Seite und legte den Sekt in den Eisschrank. Dann hielt sie plötzlich in ihrer Bewegung inne. Starrte ins Innere des ziemlich ausgeplünderten Geräts und hielt die Tür beinahe minutenlang offen.

"Es wird kalt, Liebelein.", frotzelte Cicero.

Mama erwachte aus ihrem Dämmer. Ihr Helfer nahm sie an der Hand und ging mit ihr ins Wohnzimmer, wo er den Blick noch einmal gründlich schweifen ließ. Dann setzten sich beide aufs Sofa, nebeneinander, den Blick geradeaus auf den Fernseher gerichtet. Es sah ein wenig aus wie auf einem Bild von Edward Hopper. Vereinte Einsamkeiten. Bis Cicero das Schweigen brach und einen ersten Wiederannäherungsversuch mit dem rechten Arm wagte, den er um Frau Sternfeld legte.

"Jeder ist erpressbar, glaub mir. Ich weiß, wovon ich spreche."

"Das glaube ich dir sofort. Melanie ist meine Tochter, Blödmann. Nicht irgendwer, den man ausnehmen kann."

"Du hast mich gefragt. Dann lass mich ausreden, o.k.? - Hast du ein Testament gemacht?"

"Wieso? Sollte ich?"

"Unbedingt, Mädchen! Das Häuschen ist doch sicher Eigentum?!"

"Vor vier Jahren abbezahlt, aber...

"Wenn ich das Tagebuch deiner Melanie richtig verstehe, braucht das Mädel ziemlich bald Geld. Sie will studieren und hoch hinaus. So ein Studium kostet heute leicht mal 60.000. Du musst sie an der kurzen Leine halten, aber immer mit Aussicht auf ein lohnendes Erbe! Wenn man einem Hund die Wurst vor die Nase bindet, rennt er, bis er tot umfällt. Bei Menschen funktioniert das auch. Es ist so simpel, glaub mir. Wenn sie nicht spurt, änderst du deinen letzten Willen ein bisschen ab."

"Du kennst sie nicht. Das wird sie nicht beeindrucken. Sie mag keine Wurst."

"Das kommt drauf an.... Du könntest ihr ein Fernstudium erlauben. Da muss sie nur manchmal am Wochenende in so ein Studienzentrum. Und sie muss was Handfestes studieren, was euch dann beiden zugute kommt. Nicht diesen Leichenkram. Ist ja pervers."

"Da kennst du dich aus, ich weiß. - Morgen will sie ausziehen! Morgen schon!"

"Wenn du mich ganz freundlich bittest, bleib ich solange bei dir und du wirst gar nichts merken! Wir schließen uns im Schlafzimmer ein und lassen sie gehen. Sie ist noch ein Kind! Sie wird sich ziemlich beschissen fühlen, wenn sie so ohne Abschieds-Getue aus dem Haus geht. Und Heimweh kriegen. Du könntest einen Zettel an die Tür machen: Leg den Schlüssel auf den Küchentisch. Kein Gruß drunter! Psychologische Kriegführung!"

"Ich weiß nicht. Gib mir erst mal das Tagebuch. Wir lesen zusammen. Und wenn du es aus dem Auto holst, bring auch das Saxophon mit."

"Aber...."

"Mach hin. Jeder ist erpressbar. Schon vergessen?"

Cicero gehorchte. Er würde sich auf andere Art schadlos halten.

Als er zurückkam, perlte der Sekt in zwei Gläsern auf dem Tischchen. Lautes Stöhnen untermalte die kleine Lesung aus Mels intimsten Gedanken: Mama hatte ein Pornovideo eingelegt und das Bild weggedreht. Ihr albernes Kichern mischte sich gespenstisch mit dem Video-Ton. Cicero war's zufrieden: "So kenn ich meine Alize."

12 Verhört

Sie betraten die Wache durch eine Doppeltür, nachdem die Polizistin einen Zahlencode an einer kleinen Tastatur eingegeben hatte. Videokameras blickten aus gepanzerten Gehäusen auf die drei herab: Melanie, Juro und Philos wurden in ein Vernehmungszimmer geführt, das nur von zwei Monitoren und einer Schreibtischlampe beleuchtet wurde. An den Wänden hingen Grußkarten aus New York: Die NYC-Police grüßt ihre deutschen Kollegen. In einem billigen, großen Rahmen das Farbporträt eines Schäferhundes. Mit Filzer stand quer darauf geschrieben: Danke, Harras!

Melanie bemerkte Juros Handschellen erst, als sie ihm vom Schnauzbart, der eigentlich Max Weigand hieß, abgenommen wurden: "Du hast die Türen gesehen, Bursche. Panzerglas, vier Zentimeter, mit Drahteinlage. Also mach keinen Unsinn, sonst haben wir andere Möglichkeiten."

Philos brachte sein tiefstes Knurren hervor. Für mich hat er so noch nie geknurrt, dachte Mel.

Die Beamtin, die sich als Frau Küppers vorgestellt hatte, fuhr auf einem Bürostuhl zu einem der Monitore und zog die Tastatur zu sich heran, nachdem sie eine Butterbrotdose und eine Flasche Evian beiseite geschoben hatte. Sie drückte einige Funktionstasten, bis sie das richtige Formular gefunden hatte.

"Die Kollegen von Florian Sieg haben uns schon informiert, dass wir es mit orientalischen Märchenerzählern zu tun haben. Aber das wollen wir hier bitte mal ganz fein unterlassen. In diesen Computer hier gehen nur Fakten hinein. Sowas Einfaches wie Name, Vorname und so weiter. Habe ich mich klar ausgedrückt?" Sie wartete nicht auf eine Antwort. "Fangen wir doch bei dem jungen Mann an. Name?"

Juro rührte sich nicht.

"Wir haben Zeit. Die Nacht ist sowieso im Eimer, was, Max?"

"Oh ja, Kollegin. Wie recht du hast. Wir haben Zeit."

Sie schob Juro zu einem anderen Schreibtisch und setzte ihn vor ein leeres Blatt: "Schreib einfach deinen Namen hier auf, o.k.? Dann ist es für uns alle leichter."

Es dauerte eine Weile, bis der Junge etwas aufs Blatt krakelte. Frau Küppers nahm es rasch an sich und warf es in einen Ablagekorb.

"Das war ja wohl nichts. Also bitte: Name?"

Juro schwieg, besah sich seine Turnschuhe, deren vordere Gummikappen sich schon völlig vom Gewebe gelöst hatten.

Melanie hielt dieses Schweigen nicht aus: "Nun erzähl schon, was du angerichtet hast, du Wahnsinniger! So kommst du hier nicht davon!"

"Richtig. Und alles fängt bei uns immer damit an, dass wir brav unsere Namen und Vornamen aufsagen." Die Polizistin freute sich über die Unterstützung, die sie von Melanie bekam, aber ihre Stimme war zunehmend gereizt.

"Name?"

Pause.

"Sieh mich an, Juro!", sagte Melanie.

Juro sah ihr in die Augen, Mel legte alle ihre Kraft in diesen Blick, der ihr endlos lang erschien, bis endlich ein heiseres "Juro" aus der

Kehle des Jungen kam.

Die Aufnahme der Personalien dauerte eine kleine Ewigkeit. Die Beamten interessierten sich vor allem für das Geburtsdatum des Tatverdächtigen. Seine Strafmündigkeit blieb zweifelhaft, denn nach seinen Angaben war er zwischen elf und fünfzehn Jahre alt..

Im Gespräch blickte er immer wieder zu seiner Freundin auf, um dann einen oder zwei kurze Sätze zu produzieren. Es lief auf die Geschichte hinaus, die er Melanie schon erzählt hatte.

Frau Küppers brachte das alles mühsam in einigermaßen lesbares Deutsch.

"Max, weißt du noch, wie das Zauberwort in Kalif Storch hieß?"

"Du kannst fragen! Das ist bei mir mindestens 36 Jahre her....Warte...Äh, wieso eigentlich?"

"Märchenstunde, Max. Mitternacht ist lang vorüber, die Geister gehen um."

"Kollegin, ich mache mir Sorgen um dich."

Max drehte an den Enden des Bartes und rief dann mit tiefem Bass:

"Mutabor!"

"Ja, genau, das war's. Danke, Max."

Nach einem Blick auf Melanie fuhr sie fort:

"Sag das noch einmal, ja?"

"Was?"

"Na, das Zauberwort."

"Nun hör aber auf! Mach deine Protokolle fertig und dann lass uns die Sache abgleichen, wie besprochen."

"Max! Bitte!"

Der Kollege grummelte und kam sich so lächerlich vor, als er brummte:

"Mutabor!"

"Da!" Die Polizistin kreischte ziemlich laut auf, als sie auf Melanie zeigte:

"Guck doch! Da sitzt ne Maus in der Manteltasche!"

Max inspizierte den Mantel der Zeugin, sah aber nichts.

Jetzt rief seine Mitarbeiterin das alte Wort, und alsbald spähten erst zwei, dann vier Knopfaugen aus Melanies Taschen.

"Gabi, lass uns Feierabend machen. Ich bring die drei hier in den Keller und wir legen uns aufs Ohr."

Melanie protestierte energisch:

"Machen Sie einfach Ihren Job, ja?! Das sind meine Mäuse oder Juros Mäuse, ich weiß es nicht. Sie sind seltsam und können manchmal sprechen, aber das ist auch schon alles. Regen Sie sich nicht auf."

"Meinst du, wir müssen den Psychologen wecken?", fragte Frau Küppers.

"Verdient hätte er es!", meinte Max. "Ich bin da jedenfalls nicht zuständig für... sowas."

"Ich glaube, wir werden schneller fertig, wenn wir den Wunderheiler draußen lassen. Sorgen Sie nur dafür, Frau Sternfeld, dass wir hier keine Nagetiere zurückbehalten! Wir haben schon genug Probleme mit den Käsestullen vom Chef, die er immer hier vergisst. Und jetzt hol mal den Herrn aus dem Nebenzimmer, Max. Ich glaube, die Zeit ist reif."

"Mutabor", grunzte Max und erhob sich mühsam.

"Was meinte Ihr Kollege, als er die Sache abgleichen wollte?", fragte Mel.

"Das werden Sie wissen, wenn die Tür dort aufgeht." Frau Küppers lächelte vorsichtig. Das stand ihr sehr gut, fand Mel. Sie tastete behutsam nach den Tierchen in ihrem Mantel und freute sich über das warme Fell, das sie an ihren Fingerspitzen spürte. Und verwunderte sich sehr.

Juro, der das beobachtet hatte, sagte leise:

"Das sind deine Tiere. Sie bringen dir Glück."

"Ich fühl mich schon wie im siebten Himmel hier. So wollte ich meine Nächte schon immer zubringen, mit einem Brandstifter und dem Mörder meines Vaters zusammen auf einer Polizeiwache in Siegberg!"

Als dann die Tür aufging, stand ein verstörter, wild um sich blickender Justus Sternfeld im Rahmen. Pullover und Hose waren verdreckt, die Haare standen ihm nach allen Seiten ab. Er zitterte. Erst nach einer Weile erfasste er die Situation. Bevor er sich auf Juro stürzen konnte, hatte Max ihn im Griff.

"Den Jungen haben wir jetzt, Herr Sternfeld. Den überlassen Sie uns mal. Sehen Sie sich lieber mal die junge Frau dort an."

Sternfeld sah Melanie zum ersten Mal seit zehn Jahren an. Sie wich ihm aus, sah wieder auf, sah die Angst in seinen Augen, wollte etwas sagen, wusste nicht was. Verglich ihn mit dem Bild, das sie in sich trug. Er war irgendwie schief geworden, fand sie. Die Mundwinkel bildeten eine fallende Linie. Das rechte Auge war kleiner als das linke. Die Haare dünner. Kleinigkeiten, dachte sie. Er ist es.

Ihr Vater drehte sich um und wollte den Raum verlassen, stieß auf Max, der ihm den Weg verstellte und nur "Mutabor!" sagte.

"Sternfeld, angenehm", erwiderte Sternfeld mechanisch.

Frau Küppers lachte kurz auf, aber als sie merkte, dass nur sie allein die Komik dieser Szene wahrnahm, tippte sie etwas in den Computer.

*

"Ich heiße Justus Sternfeld, geboren am 13. März 1955 in Lüdenscheid, z.Zt. wohnhaft in Söflingen b. Ulm. Familienstand: getrennt lebend, Ehefrau Sophie Sternfeld, wohnhaft Waldberg, NRW. Ich bringe Folgendes zur Anzeige:

Ich wurde heute gegen 21 Uhr unter einem Vorwand in den obersten von drei Baucontainern am Bahnhof Siegberg gelockt, dort niedergeschlagen und gefesselt. In einem darunter befindlichen Container wurde offenbar absichtlich Feuer gelegt. Nur durch Zufall konnte ich mich befreien und gehe ich davon aus, dass der Täter mich töten wollte.

Zum Beweis lege ich vor: 1 Blatt Papier A 4, handschriftlicher Text: Mellanie ist mir usw. Rückseite: Skizze eines Pumpsystems, Hochtief-Bau-AG.

Ich beschuldige der Tat den hier und heute anwesenden Jungen, genannnt Juro." Max hielt den Blick starr auf den Monitor gerichtet, von dem er das Protokoll vorlas.

"So, Herr Sternfeld, das wollen sie also unterschreiben?"

"Ja, wieso nicht?"

"Hm... da wären noch ein paar Fragen, denen sie durch einen etwas ausführlicheren Bericht aus dem Weg gehen könnten."

"Nämlich?"

"Was führte sie zu nächtlicher Stunde nach Siegberg? Wenn wir da am Bahnhof Einsätze fahren, geht es meist um Drogen oder Prostitution. Da trifft man sich nicht zum Briefmarkentauschen."

"Ich habe nichts Kriminelles getan. Der Verbrecher sitzt da drüben, nicht hier, Herr Wachtmeister. Vergessen?"

Max ließ sich nicht aus der Ruhe bringen: "Punkt zawo: Wie kamen Sie da raus, gefesselt, wie Sie angeblich waren? Erklären Sie dem Staatsanwalt doch besser gleich, was Sie einen Zufall nennen.

Der fragt sonst sowieso nach."

Sternfeld schwieg, sah Melanie an und bemerkte nicht die winzigen schwarzen Knopfaugen, die ihn aufmerksam musterten.

"Ich will jetzt gehen", sagte Melanie. Sie hatte einen Kloß im Hals und brachte den Satz nicht so bestimmt vor, wie sie gewollt hatte. Es hörte sich kläglich an, wirkte aber. Frau Küppers ließ sie ihre Aussage unterschreiben und zeigt ihr dann noch das Blatt, das Juro bekritzelt hatte. Mel warf einen Blick darauf. Sie wusste nicht, weshalb sie sich damit beschäftigen sollte.

"Na und? Schicken Sie ihn meinetwegen in die Schule oder in den Knast, damit er irgendwo schreiben lernt. Tun Sie mal was Präventives. - Philos!?"

Der Hund verkroch sich unter Juros Stuhl.

"Na dann: Viel Spaß im Heim, ihr Zwei!" Sie biss sich auf die Lippen, um nicht loszuheulen. Es half. Bis zur Tür.

Der Wachhabende ließ sich nicht anmerken, ob er Melanies Tränen wahrgenommen hatte. So viele gingen hier ein und aus, deren Seelen durcheinander geraten waren. Opfer, Täter, Zeugen. Wenn sie nur nicht randalierten. Er entließ Mel durch die Schleuse nach draußen, wo sie in einen Streifenwagen stieg, der sie zu ihrem Auto brachte.

"Mir tut es leit!!", hatte auf dem Zettel gestanden.

Mir auch, mein Junge, mir auch, dachte sie.

Ihr fiel ein Brecht-Gedicht ein, dass sie in der 11 bei Schnittker interpretieren mussten. Da war auch jemand unterwegs. Und war nicht gern, wo er herkam. War nicht gern, wo er hinfuhr. Und war doch voller Ungeduld. Brecht hat Recht, dachte sie.

Im Scheinwerferlicht sah sie in den tausend Kurven manchmal das dünne Wasser der Bröl, wie es kurz aufblitzte, lebendig sich kräuselnd und überwerfend, dann im schwarzen Nichts verschwindend. Würde ihr Leben auch nur so ein kurzes Glitzern sein? Und der Mann, den sie da gerade so verstört gesehen hatte, ihr Vater? Wird er genau so wieder entschwinden, in das schwarze Nichts dieser Nacht?

Als sie die Höhenzüge erreicht hatte und über die alte, fast schnurgerade Römerstraße fuhr, seufzte sie auf vor Erleichterung. Wenige Lichter blinkten aus dem Westerwald zu ihr herüber. Ein Flugzeug steuerte Köln/Wahn an und begann mit dem Sinkflug.

Soll er doch. Soll er doch in dieses Kaff verschwinden, wo er "zur Zeit" wohnt. Noch würde ihr nicht mehr fehlen, als ihr schon seit zehn Jahren fehlte. Sie dachte an ihre Tagebuch-Monologe, die sie mit ihm geführt hatte. Sie schämte sich ein bisschen dafür und stellte sich vor, dieser fremde, zerzauste Mann würde das einmal lesen. Nein. Soll er sich doch wieder auflösen. Du gehst deinen Weg, und ich gehe meinen.

Komisch, was ihr heute alles einfiel. Das musste die Aufregung sein. In der 10 hatten sie mal eine Jugendfreizeit in der Eifel gemacht, mit Kaplan Schwaderlapp. Der hieß wirklich so. Bibliodrama nannte der seine Rollenspiele. Ziemlich hochtrabend. Götz, der schüchterne Götz hatte sich doch tatsächlich erdreistet, den Jesus zu machen, und sie war seine Mutter. Sie hatte ihn nur freundlich gefragt, ob er denn nicht für irgendeine Feier etwas zu trinken organisieren könnte. Da hat das liebe Jesulein sie vielleicht angebrüllt! Was sie sich denn denke! Und überhaupt wäre er nicht für das Catering hier zuständig. Schließlich betreibe er keinen Partyservice, sondern sei gekommen, um die Welt zu erlösen. Und seine Verwandten wären da draußen und nicht hier im Partykeller! Der Kaplan fand das auch noch gut! Als Maria fand sie es nur kränkend.

Sie dachte, dass ihr Leben wahrscheinlich nicht ohne solche Trennungen ablaufen könnte. War es das, was sie zu lernen hatte? Sie sah sich selbst, wie sie auf einem braven Gaul in den Sonnenuntergang ritt, ihren Allerliebsten auf seiner bescheidenen, aber gemütlichen Farm zurücklassend. Mit tiefer Stimme hörte sie sich sagen: "Es gibt Dinge, die muss eine Frau alleine tun, Kleiner." Der Liebste winkte ihr nach, ein Küchentuch schwenkend, mit dem er anschließend seine Tränen trocknete.

Als sie an ihrer Kreuzung anhielt und nur noch das kalte Licht der Laternen zu sehen war, fühlte sie sich furchtbar allein und betrogen von allen, die ihr lieb waren. Sie wollte gerade ihrem Selbstmitleid Luft machen und losheulen, losbrüllen, da hörte sie ein Stimmchen, das aus dem Mantel zu kommen schien, den sie über den Beifahrersitz geworfen hatte.

"Wenn du morgen in Ulm sein willst, um im Hörsaal C 4 mit deinem Studium anzufangen, solltest du uns alle jetzt nach Hause fahren und deine Mütze Schlaf nehmen. Wir sind nachtaktiv. Du nicht."

Ja ja, immer vernünftig sein, was? Na gut, ihr habt ja Recht. Es ist nicht mehr weit.

Jetzt hatte sie diesen Stimmen sogar geantwortet. Ob Gehirnerweichung erblich war? Auf jeden Fall kann ich den Mantel wegschmeißen, fluchte sie.

"Wir sind taschenrein. Aber du solltest dich vielleicht ein w-e-n-i-g beeilen, bitte", klang es gequält. "Sonst können wir es nicht mehr halten."

*

Es hatte zu regnen begonnen. Die jämmerlichen Scheibenwischer des R 4 verschmierten die ersten Insektenleichen dieses Jahres zu einem gefährlichen Film. Sie fuhr langsamer und erreichte die schmale Hofeinfahrt. Sie konnte nicht bis zur Remise fahren, von wo aus sie trocken ins Haus gelangt wäre. Ihre Augen brannten. Und was sie sahen, brannte sich für immer in ihr Bewusstsein. Wenn sie später - viel später - an ihr Zuhause, an ihr Elternhaus dachte, sah sie gegen ihren Willen immer zuerst diesesBild.

Die Einfahrt war vollgestellt mit Bananenkisten und blauen Müllsäcken, mit einem hell furnierten Kleiderschrank und einem Bett.

Ihrem Schrank. Ihrem Bett. Das Bettzeug lag noch obenauf. Mel sah die grauen Wolken der Regennässe auf dem Bezug, die sich rasch ausbreiteten. Sie schluckte. Fühlte sich geschlagen, geohrfeigt, verstoßen. Und wenig später mischte sich ein Gefühl von Befreiung und Trotz hinzu. Sie zog den quietschenden Aschenbecher heraus, schob ihn wieder zu, hin und her. Das Geräusch tat weh und gut. Ihr persönlichster Besitz lag da wie Sperrmüll. Und hinter dem Gerümpel stand ein BMW. Sein BMW!

Mel griff nach ihrem Mantel, sah in die Taschen. Sie waren leer. Panik kroch wie eine kalte Schlange ihren Nacken hoch und schob eine Schmerzwelle vor sich her, die sofort ihre Schläfen erreichte. Sie versuchte sich zu beruhigen. Sie hatte einmal eine alte Zen-Regel gelesen: Wenn du etwas entscheiden musst, denke nicht zu lange nach. Atme siebenmal ein und aus, dann entscheide sofort. Ein. Aus. Abhauen! Ein. Aus! Attacke!! Ein. Aus. Retten! Ein. Aus. Hiiilfe! Ein. Aus. Juro! Ein. Aus. Papa! Sie hielt die Luft an, dachte alles durcheinander, bis es nicht mehr ging. Ein. Und ganz langsam aus... "Gut. Ich werde jetzt retten, was zu retten ist." Sie stieg aus, warf sich den Mantel über und zog ihn über den Kopf, wie es die Frauen hier in der Gegend oft tun, wenn es wieder einmal regnet. Der Halogenstrahler an der Remise sprang an, als sie darauf zuging. Mel verschaffte sich rasch einen Überblick. "Meine Habseligkeiten", dachte sie und musste trotz allem lächeln über dieses Wort. "Siebensachen." Sie dachte an die Zenmeister. Sieben Sachen wollte sie höchstens mitnehmen. Sechs von hier draußen.

1: Trixie Belden und das Abenteuer am See fand sie in einer der Bananenkisten

2: Der riesige Koffer von Opa - sie stopfte alles hinein, was sie an tragbarer Kleidung für eine Studentin fand. (Das waren etwa sieben mal sieben Sachen, aber diese kleine List gestattete sie sich.)

Sie blieb mit dem Mantel an einem Schrankschlüssel hängen. Die rechte Tasche riss ab. Der Regen lief ihr jetzt über die Stirn in die Augen, mischte sich mit Tränen der Wut.

Sie suchte fieberhaft nach

3: Der schmale Ordner mit den Dokumenten.

4: Sie erlaubte sich nur eine CD, griff ohne zu zögern nach den Wise Guys, weil sie wusste, dass sie deren Humor noch brauchen würde

5: Der Schmuck? Die Vitrine lag auf dem kleinen Rasenfleck, der von weißen Kieseln eingefasst war. Das Glas der Seitenwand war zerplittert. Die Granatkette war nicht zu finden, auch nicht unter den Splittern. Stattdessen fand sie eine aufgeschnittene Coladose, deren Rand so geschickt umgebörtelt war, dass sie wie eine Blume aussah. Auf dem Boden lagen ein winziger Umschlag, offenbar aus Kaugummipapier. Mel fingerte ihn aus der Dose und hielt ihn ins Stahlerlicht, dicht vor der Brust, damit er nicht nass wurde. Er enthielt vierundzwanzig winzige Häkchen, die sie irgendwo schon mal gesehn hatte. Auf der weißen Seite des Papierchens stand:

"Für wenn du weggest: Probirs aus. Juro." Sie wickelte alles wieder ein und legte die Dose ins Auto zu den Siebensachen. Juros Geschenk war ihr ein Rätsel, aber es tat ihr verdammt gut in dieser Scheißeinsamkeit.

6: Das Foto mit Mama und Papa auf der Bank - hier zögerte sie...ein - aus - und packte es dann dazu.

"Zweiter Teil: Attacke!" Mel sprach sich Mut zu. Sieben Sachen sollten es sein. Sieben auf einen Streich! Sie staffte ihren Körper und ging auf die Eingangstür zu, die ihr jetzt fremd vorkam wie irgendeine Haustür in Wien oder Paris, obwohl sie nie woanders gewohnt hatte. Sie konnte nicht aufschließen. Mutter hatte wieder vergessen, den Schlüssel von innen abzuziehen. Das machte sie manchmal auch absichtlich. Sie merkte dann, wann ihre Tochter nach Hause kam. Als Melanie klingeln wollte, bemerkte sie, wie naiv sie immer noch war. Ma hatte den Schlüssel nicht vergessen. Sie wollte verhindern, dass ihre Tochter das Haus noch einmal betrat. Eine Idee von Graukopf? Egal. Da war noch etwas zu erledigen, und sie wusste auch, wie sie es anstellen würde. Siebensachen. Nicht Sechssachen. Das Toilettenfenster an der Rückseite des Hauses war wie immer angelehnt. In dem Gäste-WC müffelte es schon, als Mel noch ein Kleinkind war. Einen Kanalanschluss gab es hier in Waldberg noch nicht. Mel zweifelte, ob sie noch wie früher durch die Öffnung passen würde, aber es war ganz einfach. An der Klotür hing ein Handtuch, mit dem sie sich den Kopf abrubbelte, denn ihr war furchtbar kalt geworden da draußen. Im Spiegel probierte sie einen kampfeslustigen Gesichtsausdruck - auch das klappte vorzüglich! Sie erschrak beinahe selber.

Das Haus lag still. Niemand im Wohnzimmer oder in der Küche. An Mutters Schlafzimmer hing ein Zettel: "Leg den Schlüssel auf den Küchentisch, bevor du gehst. Mutter."

"Dieser Titel steht dir nicht zu", dachte Mel und drückte die Klinke herunter. Die Tür war verschlossen. Kein Licht drang unter der Tür durch. Sie legte ein Ohr an das dunkle Holz, hörte ein leises Schnarchen. Graukopf. Von Ma war nichts zu hören, aber das war normal. Wenn sie getrunken hatte, schlief sie wie eine Tote. Mel holte sich den hölzernen Fleischklopfer aus der Küche und drosch damit auf die verschlossene Tür ein.

"Macht auf, ihr Schweine! Das geht so nicht, hört ihr?"

Das Schnarchen setzte aus, um kurz darauf wieder zu ertönen. Eichenholz, massiv. Mel kam sich lächerlich vor. Mit ihrem Krach hatte sie irgendwelche Tiere in der Nahbarschaft geweckt, aber nicht diese Schweinebande hinter der beschissen-soliden Tür! Sie hörte das Blöken von Schafen, ganz in der Nähe.

Was sie suchte, konnte ja auch woanders zu finden sein. Wenn die beiden so besoffen waren, wie es den Anschein hatte, waren sie unvorsichtig. Im Wohnzimmer das übliche Durcheinander. Der Fernseher lief noch, ohne Ton. Im Augenwinkel sah Melanie das Hin und Her wabernder Fleischberge. Sie drehte die Blumenvase um, die Ma gegen ihre ausdrückliche Warnung immer auf dem TV abstellte. Die gelben Gardenienblüten rutschten auf einem Wasserfilm langsam über die Bildröhre, wo sie kleben blieben und schamhaft diverse Sexualorgane bedeckten. Dann wurde es dunkel in der Welt des öden Scheins. Leider auch im Wohnzimmer. Eine Sicherung war durchgebrannt. "Kein Wunder", dachte Mel. Sie tastete sich langsam zum Flur vor, stieß am Türrahmen an und wusste einen Moment lang gar nicht, wo sie sich gerade befand. "Mist, verdammter!", zischte sie. Schrie: "Gebt mir mein verdammtes Tagebuch, und ihr seid mich los!" Es tat sich nichts, und so musste sie ihren Weg weiter suchen. Der Sicherungskasten war neben dem Eingang zum Keller hinter einer kleinen Klappe untergebracht. Mel ärgerte sich über ihre Zerstörungswut, die ihr so viel Mühe eingebracht hatte. Sie empfand das als Strafe für zu viel Gefühl. Aber sie spürte auch noch sehr warm die Genugtuung, die es ihr verschafft hatte.

Sie tappte an der Wand des Flurs entlang und riss einen Spiegel zu Boden, der mit schrillem Kreischen zersprang. Beim Weitergehen hörte sie das Knirschen des Glases unter ihren Schuhen. Das Wort "Kristallnacht" fiel ihr ein, und das Lied von BAP schwirrte ihr durchs Innenohr. "Ein paar Schritte nur noch, bitte!", flehte sie.

"Kann ich helfen?"

Mel wandte sich abrupt um. Die Stimme kannte sie, die sie da hinter ihrem Rücken aus dem Dunkel ansprang. Sie riss die Augen auf, um wenigstens einen Schatten erkennen zu können, und in diesem Momente schoss ihr der Strahl einer Taschenlampe bis ins Gehirn. Sie schlug die Hände vors Gesicht und wandte sich ab:

"Wer zum Teufel ist da?"

"Oh!"

Die Antwort war kurz, gefolgt von einer Umkehr des Lichtstrahls ins Gesicht des Eindringlings. Ein Glatzkopf erstrahlte im Kegel des Halogenbirnchens.

"Was....?" Mehr brachte Mel nicht zustande.

"Äh... tut mir Leid, wenn ich dich erschreckt hab. Ich wollte nur helfen. Ich hab dein Auto draußen gesehen und all die Klamotten im Regen. Dann ging hier plötzlich die Hölle los, dass meine Tiere ganz wild geworden sind. Und dann ging auf einmal das Licht aus. Da bin ich durchs Fenster hinten, das war offen." Immer noch hielt er die Lampe auf sich gerichtet, was seine lange Rede gleichzeitig gespenstisch und albern machte.

"Wie kommst du mitten in der Nacht hierher?"

"Ich weiß nicht genau..." Fabian machte ein ehrlich blödes Gesicht.

"Unsinn. Leuchte mal hierher, wenn du schon da bist."

Mit einigen Handgriffen hatte sie die Hauptsicherung umgelegt. Das Licht flammte kurz auf, dann war's wieder finster.

"Gib mal." Mel nahm Fabian die Lampe ab und suchte im Wohnzimmer nach dem Stecker des Fernsehers, riss ihn aus der Dose. Beim zweiten Versuch blieb die Sicherung drin.

Fabian staunte. "Kluges Mädchen, was?"

"Dummer Junge, wie? Weiß nicht, wie er hierherkommt."

"Nee, echt jetzt. Ich sollte ganz woanders sein. Aber als du mich da rausgeworfen hast aus dem Auto, da hast du mich so angeguckt. Ich weiß nicht. Das war irgendwie... stark."

Oh nein. Was würde das jetzt werden? Mel fragte wohl beser nicht weiter nach. Der Schäfer erzählte trotzdem:

"Du, ich hab da echt Mist gebaut, weißt du?"

"Weiß ich. Wir bauen alle mal Mist. Weiß ich inzwischen auch."

"Da bin ich dann hergezogen. Mit der Herde. Schafe sind nicht übel, weißt du?"

"Mann, sag doch nicht immer weißt du? weißt du?!"

Mel ging energisch ins Wohnzimmer zurück. Der ziemlich trottelige Schäfer wirkte so verdattert, dass Mel sich ausgesprochen souverän vorkam.

"Ich hab deine Mutter gefragt, ob ich hier hinterm Haus weiden dürfte. Durfte ich. Du, die ist schwer in Ordnung, deine Mutter, weißt du! Bisschen seltsam vielleicht."

"Ah ja, Fabian M. M steht für Menschenkenner. Hilf mir mal suchen. Hier muss irgendwo mein Tagebuch sein, so ne Kladde, mit blauem Leinen. Kannst dich ein bisschen nützlich machen. Fang mal da beim Bücherregal an!"

Sie selbst wühlte weiter in Zeitschriften und unter Kissen und Decken. Hielt auf einmal einen Autoschlüssel in der Hand, an einem Stück Leder. Darauf das weißblaue Zeichen aus München.

"Schau an. Du suchst hier weiter!", befahl sie, als hätte sie nie etwas anderes getan. Verschwand nach draußen und versuchte den BMW zu öffnen.

"Zu Befehl!", hörte sie Fabian von drinnen, nach einer langen Pause.

Diese modernen Autos waren verrückt. Der Schlüssel sah nun überhaupt nicht aus wie das Ding, mit dem sie den R 4 startete. Nach einigen erfolglosen Versuchen am Schloss rief Fabian:

"Den Knopf drücken. Sonst nix!"

"Welchen..." Sie drückte den Schlüsselknopf, und die gelben Lichter am Auto zeigten Grün!

"Kluger Junge!", rief Mel ins Haus und öffnete dann die Beifahrertür. Das Handschuhfach enthielt so ziemlich alles, nur keine Handschuhe. Sie zog die Hände rasch daraus zurück und betrachtete sie im Licht der Innenbeleuchtung, weil sie glaubte, das müsse was Schmieriges dran sein. Bevor sie Klarheit bekam, ging das Licht langsam aus. Tür auf, Tür zu, weitersuchen. Sie zog einen Ärmel ihres Pullis bis über die rechte Hand und griff so bewaffnet noch einmal in das beleuchtete Fach. Zog alles mit dem Unterarm heraus und beobachtete es beim Herunterfallen. Straßenkarten, Kondome, Zigaretten, CD's, DVD-Pornos und Heftchen, Pfefferspray,

Schließfachschlüssel, Mettwürstchen in Folie, Red Bull und eine verspiegelte Sonnenbrille. Mel fischte den Schlüssel heraus und steckte ihn in die Hosentasche. Sprang aus dem Auto und merkte gar nicht, dass der Regen inzwischen aufgehört hatte. "Und?", rief sie nach drinnen.

"Oh Mann, deine Mutter ist echt ein bisschen durch den Wind."

"Das weiß ich selber, Schafkopf. Lass dich nicht ablenken. Die Kladde!?"

"Nöö."

"Weitermachen!"

"Aye aye, Sir!"

Auf dem Rücksitz lag eine Anzughose Größe 54 und ein Slip. Ihr Slip! "S-AU!", buchstabierte sie. Sie ging zum Kofferraum. Zu. Ein Druck auf den Schlüssel: Blink blink. Verschlossen

"Von drinnen!", flötete es irgendwoher.

Sie suchte nach einem Hebel, bis sie den Schalter mit dem Symbol gefunden hatte. Dann sprang die Klappe auf.

"Danke!" Sie wunderte sich, dass sie ihm das so einfach zurufen konnte. Kam sich großherzig vor.

Der Kofferraum sah aus wie das Musterlager eines Handelsreisenden. Unter einem Snowboard lag ein Mini-DVD-Player, daneben eine Mundddusche, eine Digitalcamera, ein Karton mit kyrillischer Aufschrift, der mindestens 20 Gläser Kaviar enthielt, ALDI-Sekt, 6 Flaschen, ein Ministepper, eine Gummipuppe mit der Aufschrift "Zeig's mir!" und ein schwarzer Saxophonkoffer "Yamaha". Mel zog ihn unter all dem Luxusmüll hervor. Sie erkannte ihn nicht sofort; erst als sie ihn öffnete, dachte sie: "Sollte ich doch Achtsachen mitnehmen?" Als sie den Koffer schließen wollte, huschte etwas Graues heraus, das aussah wie eine Maus mit einem glitzernden Schwanz. Den verlor sie aber bei der Flucht, er blieb am Rand des Koffers hängen, glänzte im Glühbirnenlicht wie Gold und Granat in der Sonne.

"Na warte, Graukopf. Darüber wirst du weiße Haare kriegen, das schwör ich dir!"

Mel atmete tief durch und ließ ihre Kette in die Hosentasche gleiten.

Ihr Blick fiel auf ein flaches schwarzes Köfferchen mit dem dezenten Schriftzug SIEMENS. Sie griff danach. Ein Notebook würde ihr dienlich sein, und Graukopf hätte sicher nichts dagegen. Sie konnte den Kofferraum nicht schließen, bepackt wie sie war. Zögerte, legte das Notebook zurück.

"Nimm es."

Mel wusste nicht, ob das die Stimme Fabians war. Sie klang so piepsig. "Nein, ich bin das gute brave Mädchen, das eine solche Situation niemals ausnutzen würde. Ich handle stets vorbildlich, gehe nur bei Grün und halte das Messer immer in der rechten Hand. Ich grüße meine Lehrer zuvorkommend und hab Ehrfurcht vor schneeweißen Haaren. Scheiße."

"Du willst es allen Recht machen, stimmt's?

"Ach, du schon wieder, Fabian M. Ja! Was ist schlecht daran? Sag's mir."

"Du weißt es selbst. Es geht nicht. Vergiss nie, es dir selbst auch Recht zu machen. Nimm das blöde Ding oder lass es liegen. Entscheide dich. Jetzt."

Keine Zeit, um siebenmal zu atmen. - Sie legte das Gerät zurück. Nicht aus Feigheit. Weil sie sich ekelte, die Tasten zu berühren, die Cicero begrapscht hatte.

"Na also, es geht doch", sagte Fabian. Es klang nicht besserwisserisch. Nur freundlich. "Aber ich habe andere Maßstäbe, mit Verlaub."

Er griff an Melanie vorbei in die Fundgrube und klemmte sich den

Rechner unter den Arm. "Das werden wir noch brauchen können, glaube ich. So eine Festplatte sagt oft mehr als 1000 Worte..."

Mel hatte das "wir" aufmerksam wahrgenommen und ebenso registriert, dass es sie nicht störte. Aber sie hatte jetzt keine Zeit, sich zu wundern.

"Ist das die Kladde?"

Fabian hielt ihr das Tagebuch hin.

"Blöde Frage. Hast doch gerade drin gelesen, oder?"

Fabian seufzte nur und drückte es ihr in die Hand. Mel legte die andere Hand darauf und führte es langsam zur Brust.

"Haste nicht?"

"Ach, hör schon auf. Du kannst mir mal draus vorlesen, wenn du magst. So lange kann ich mich gedulden. Hab noch nen Chandler im Auto. Heißt übrigens: Der lange Abschied."

"So'n Abschied geht manchmal ganz schnell, Hammel. - Hier, halt mal."

Drückte ihm den Instrumentenkoffer in die Hand und klappte den Deckel des Kofferraums zu.

Fabian ließ die verchromten Schlösse aufschnappen.

"Tenor oder Alt?"

"Ich sehe, du kennst dich aus. Alt. Aber nicht sehr. 12 Jahre circa."

"Witzbold. Kannst du das spielen?"

"Ich könnte dir den Marsch blasen."

"Tüchtiges Mädchen."

"Wo war's?"

"Wo wir uns kennengelernt haben?"

"Mein Tagebuch!"

"Willst du das wirklich wissen?"

"Muss ich mich ekeln?"

"Ja."

"Trotzdem."

"Im Schlafzimmer deiner Mama."

"Nicht eklig."

"Im Bett."

"Fast überhaupt gar nicht eklig."

"Unter einem Dickwanst hervorgezogen."

"Iiiiihhh!"

"Ich hab dich gewarnt."

"Ich brauch nur ein paar bestimmte Seiten. Die reiß ich raus."

"Kann ich den Rest haben? Ich bin nicht so empfindlich!" Fabian grinste.

"Der wird geschreddert und dann verbrannt."

"Der dicke Mann?"

"Hör auf damit, ich bin müde. Wie bist du in das Zimmer gekommen?"

"Egal."

"Und Mama? Hat sie nichts mitgekriegt?"

"Nö. Wie auch?"

"Ist sie nicht wach geworden?"

"Weiß nicht. Glaube ich nicht. Sie war dermaßen breit, als sie zu mir kam."

Melanie verstand gar nichts mehr. Ihr Mund stand offen. Fabian machte es sichtlich Freude, sie so verblüffen zu können.

"Sie schläft bei mir im Auto auf dem Rücksitz. Kam vor zwei Stunden angewankt. Hatte wohl genug von ihrer kleinen Feier. Sie brabbelte was von ihrem letzten Willen. Und irgendwas Lateinisches. Völlig fertig, die Frau."

"War's Cicero?"

"Kann sein. Macht sie das öfter?"

"Cicero ist der, der nicht geschreddert und nicht verbrannt werden darf. Der Feind in ihrem Bett."

"Erzähl's mir später. Wir schaffen jetzt die paar Wertsachen in dein Auto."

"Und dann?"

Fabian grinste und sprach dann mit tiefer Stimme: "Es ist Mai. Der Regen hat aufgehört. Und wie es der Zufall will, steht hier umterm Sternenzelt ein Jungmädchen-Bett. Einen Schlafsack hätt ich imAuto."

"Das letzte, was ich jetzt brauche, ist ein Schäferstündchen. Wo steht dein Auto? Ich muss nach Mutter sehen!"

"So. Musst du. Hm." Er starrte sie an und ließ ihr Zeit.

Musste sie nicht? Der Gedanke kam ihr grotesk vor. Sie hörte Ma hysterisch kreischen. Es klang wie "Das überlebe ich nicht!" Aber ans Stimmenhören hatte sie sich ja gewöhnt.

"Du hast Recht. Ich gehe rein und hol mir die Nummer von Dr. Ritter. Wenn es hell wird, ruf ich ihn raus. Er soll sich kümmern. Bis dahin ist sie ja dein Gast! Kannst Wache schieben! Und inzwischen guck mal in der Dreckschleuder nach. Im Handschuhfach liegt eine Dose Red Bull."

"Wow!", tönte Fabian.

"Kusch!", kam's zurück.

13 Auf dem Weg

Melanie war flau. Das Powergetränk hatte nach Chemie geschmeckt. Eigentlich war sie sowieso nicht müde. Sie wollte Abstand gewinnen zu ihrem sogenannten Elternhaus, Abstand zu Fabian, der sich rechtfertigen und erleichtern wollte. Er habe das Geld gebraucht und nichts dabei gefunden; auf so ein bisschen Detektivspielen wäre er abgefahren und weitere Schmonzetten. Wie unter Zwang hätte sie beinahe gesagt, dass sie das doch verstehen könne und er hätte ihr ja auch nicht geschadet und so weiter. Sie hatte sich das alles verkniffen und ihn reichlich bedröppelt stehen lassen, war ins Auto gestiegen und die drei Kilometer bis zur Lieblingskreuzung gefahren. In einen schmalen Weg am Waldrand hatte sie zurückgesetzt, mit vollem Panoramablick über das noch nachtschwarze Tal. Sie wollte diesen Tag anbrechen sehen, ihren Tag! Tages-Anbruch - wie das erste Stück einer Tafel Schokolade wollte sie das Morgenlicht genießen. Sah schon vor sich, wie aus der Hügelkette einzelne Fichtenbestände herausgeholt würden, wie ein endloser Himmelsstreifen über allem sich entfalten dürfte. Sie schob die Clapton-Cassette ins Radio und war nach zwei Minuten abgetaucht ins Reich der Träume. - Ein Familienfest, irgendwo in einem Anwaltsbüro, mit allen ihren Lieben. Ma war auch dabei, höchstens zwölf Jahre alt, trug das lange Haar in einem Pferdeschwanz und kündigte der Verwandtschaft eine kleine Vorführung an, zu Ehren von Herrn Irgendwem. Alles wartete gespannt. Da trat das Mutter-Kind an die oberste Stufe einer Treppe, die tief und weit nach unten führte. "Ich zeig euch jetzt was", rief sie stolz und ließ sich rücklings die Treppe hinunter fallen. Alles schrie auf, aber Mel wusste, dass die Nummer gut einstudiert und ungefährlich war. Onkel Harald riss die weiße Decke von der Kaffeetafel und wickelte Melly darin ein, bis sie sich nicht mehr bewegen konnte. -

Sie wachte auf und fror, sehnte sich nach einer Decke. Sie wischte die beschlagene Windschutzscheibe mit dem Ärmel trocken. Die Sonne stand bereits drei Finger breit über den Wipfeln. Die Feuertaufe ihrer Bergischen Hügel hatte sie verpennt. Das neue Windrad hinter Gerdingen wirbelte Energie in die Leitungen. Bei Mel kam davon nicht viel an. Sie räkelte sich, stieß dabei an Blech und Glas. Sie fluchte.

Radio Berg verkaufte gute Laune und meldete freie Fahrt auf den Autobahnen. Ein Nachwuchsreporter, dessen Stimme klang, als hätte er noch Pickel, bekam zwei Minuten für einen Bericht über die Brandstiftung in Siegberg.

"Der Mordversuch eines jungen Albaners hielt in der Nacht die Siegberger Einsatzkräfte von Feuerwehr und Polizei in Atem. Offenbar handelte es sich bei der Tat des illegal in der Bundesrepublik lebenden jungen Mannes um eine Racheaktion im Drogenmilieu. Die Polizei spricht auch von Mädchenhandel, von organisiertem Verbrechen. Allein die Sachschäden..."

Melanie schaltete das Radio aus. Sie musste raus aus dem Auto und sich Luft verschaffen, stieß die Tür auf und sprang aus dem Wagen direkt in eine knöcheltiefe Pfütze. Der Regen der letzten Nacht hatte den Weg aufgeweicht.

Sie ließ sich mit dem Po auf den Autositz fallen und zog Schuhe und Strümpfe aus. Reingetreten, dachte sie. Soll ja Glück bringen.

Dabei fiel ihr mit einem kleinen Aussetzer des Herzschlags ein, dass sie den Gerichtstermin für die Zeitung völlig vergessen hatte - aber wie hätte sie das denn auch schaffen können? Ihre Kehle wurde eng. - Nein. Ich bleibe dabei, was auch immer heute noch passiert: Das ist mein Tag. Und ich gehe ab sofort alles so an, wie es für mich richtig ist.

Sie fand ihr Handy mit einiger Mühe. Bevor sie die Nummer von Dr. Ritter eintippte, löschte sie blind alle 244 Anrufe auf ihrer Mailbox. Are you sure? Und wie! Sie informierte den Arzt über die Sachlage, ohne sich auf seine Erwartungen und Vorhaltungen einzulassen. "Ich bin heute nicht mehr zu erreichen." Dann nahm sie das Telefon mit spitzen Fingern, kletterte vorsichtig aus dem Auto und legte es auf einen flachen Stein, den sie am Wegrand fand. Beides bugsierte sie vor das linke Vorderrad. Barfuß und guter Dinge fuhr sie los, sehr langsam, bei offenem Fenster. Sie lauschte dem Kratzen und Knirschen hochentwickelter Elektronik wie der Pianist dem Beifall nach dem letzten Akkord.

Die Heizung blies auf die jetzt sehr erdfarbenen Schuhe. Ihre Socken hatte sie an den Außenspiegeln verknotet. Sie hätte eine Dusche gut gebrauchen können. Der Magen schaltete langsam, aber sicher von Was-hast-du-mir-angetan? auf ein heftiges Hungergefühl um. Die Raststätte in Oderath war ihr Etappenziel.

Der Tankwart sah aus, als hätte er nicht länger geschlafen als Mel.

"Die Drei", sagte Mel und reichte ihm die Scheckkarte.

"Der R 4 da - ist das Ihrer?"

"Na und - es gibt Schlimmeres. Hier gibt's doch bestimmt eine Dusche oder sowas?"

"GM - NT 4567?"

"Wer will das wissen?"

"Mann, die suchen Sie! Diese Durchsagen, kennen Sie doch. Vor ner halben Stunde. Melanie Steinberg oder so, stimmt das?"

"Sternfeld. Hab ich was verbrochen?"

"Keine Ahnung - wenn Sie's selber nicht wissen? Nee, Sie sollen nur zuhause anrufen oder bei der Polzei in Siegberg. - Meistens sind's ja irgendwelche Todesfälle. Sonst machen die das gar nicht. - Äh... ja, tut mir Leid, ich rede dummes Zeug. Da drüben ist das Telefon. Tut mir echt Leid. Ist bestimmt nur falscher Alarm."

"Ist ja o.k.. Machen sie nur in ganz dringenden Fällen. Weiß ich doch. Den Bon, bitte und meine Karte."

Er reichte ihr beides.

"Haben Sie Socken in Standardgröße?"

"Äh, nee, hat noch keiner nach gefragt."

Er stellte sich auf die Zehenspitzen, um nach den Schuhen der Kundin zu sehen, aber die hatte keine an. Melanie bemerkte seine Irritation.

"Ist ja ein Monat ohne R, da darf man barfuß laufen", sagte sie tapfer. "Aber frühmorgens isses noch ein ganz klein bisschen kalt."

"Noch zehn Kilometer, und Ihre Wäsche ist trocken!" Er hatte die Socken am Rückspiegel erspäht. "Und da drüben ist das Telefon!"

Melanie ging so würdevoll zum Auto, wie es eben ging, prüfte die Socken, Streckte sie etwas in die Passform, ließ sie hängen und fuhr zu den Toiletten-Anlagen. Ja, es gab eine Dusche. Aber als sie sah, wie die halbnackten Fernfahrer aus dem Duschraum kamen und sie taxierten, gab sie den Duschschlüssel rasch zurück.

"Schon fertig, Frollein?"

"Jawoll", gab Mel der resoluten Verwalterin zurück, "frisch wie mein junger Tag."

Ein grauer Passat versperrte ihr die Ausfahrt aus der Parklücke. Zwei graue Männer mit grauen Schnauzbärten dösten mit offenen Mündern auf ihren Sitzen, die sie weit nach hinten gestellt hatten. Mel stieg den Renault und hupte sehr lange, bis sich etwas bewegte in dem anderen Wagen. Statt wegzufahren, stiegen die grauen Herren fast synchron aus und kamen auf sie zu.

"Zivilfahndung. Polizeiobermeister Schrenk und Steinmüller. Steinmüller bin ich."

"Kann jeder sagen."

"Oho! Kollege - die Ausweise! Ganz schön ausgeschlafen, die junge Dame. Sie haben Recht. Ein Versehen unsererseits. Hier bitte." Er hielt ihr beide Kärtchen hin. Mel fand, dass sie amtlich aussahen.

"Frau Melanie Sternfeld?"

"Melanie Sternfeld, ja. Ausweis?"

"Lassen Sie mal stecken. Die Einsatzleitstelle hat uns angefragt, weil wir gerade in der Nähe waren. Sie machen denen gerade ne Menge Arbeit, hab ich gehört."

"Ist was mit meiner Mutter?"

"Was könnte denn da sein?", mischte sich der andere ein.

"Schrenk, lass sie doch in Ruhe!" Und zu Melanie gewandt: "Er ist ein richtiger Spürhund, wissen Sie. Kann man nicht abschalten. Guter Mann, eigentlich. - Schrenk, das ist nicht unser Fall, o.k.? - Nee, Frau Sternfeld, von Ihrer Mutter ist uns nichts bekannt. Wir haben was von Brandstiftung gehört und Mädchenhandel und illegalem Aufenthalt. Und wie geht's eigentlich den Mäusen?" Er grinste.

"Die sind ausgesprochen selbständig. Man weiß nie, wo sie gerade sind."

"Das ist wie mit deiner Frau, Schrenk. Stimmt's? Hahaha. Nein, Spaß beiseite. Ihrem Vater geht's nicht so gut. Er hat wohl versucht, Sie zuhause zu erreichen, aber da war nur ein Fremder am Telefon. Ihr Vater meinte verstanden zu haben, dass Sie auf dem Weg nach Süddeutschland sind. Florian Sieg hat ihm dann geholfen, die Suchmeldung abzusetzen. Und die Autobahnpolizei ist auch informiert."

"Und? Kann ich dann weiterfahren?"

"Steinmüller, du druckst rum. Sie hat dich nicht verstanden. - Der Kollege meint, Ihr Vater braucht Sie jetzt. Es geht ihm sehr schlecht. Verstehen Sie mich?"

"Das habe ich bereits kapiert. Machen Sie den Weg frei, bitte. Ich hab's noch weit. Mein Vater kommt ganz gut alleine klar. Sehr selbständig, der Mann."

"Hart wie Johannes Paul der Älteste. Also gut. Sie rauschen ab, meinetwegen. Wer sagt Paps dann Bescheid? Du, Schrenk?"

"Ne du, das mach ich nicht. Krieg ich nicht übers Herz. Wenn das meine Tochter wäre...."

"Die ist frei, und du bist kerngesund. Kannste gar nicht vergleichen."

"Dann mach du doch. Sagst einfach: Hier Polizeiobermotz Steinmüller. Soll Ihnen ausrichten: Guten Flug, Alter! Wir sind schließlich alle mal dran. Ich muss jetzt los, deine Tochter. Ende. Und er sagt dann: Verstanden, Ende."

"Nee, das geht so nicht, das können Sie uns nicht antun, Frau Sternfeld. Kommen Sie mal in unseren Wagen. Ihr Vater sitzt in der Leitstelle. Sagen Sie es ihm selbst."

"Sie setzen mich unter Druck!", schimpfte Melanie.

"Zugegeben. Wenn Sie sagen, was Sie vorhaben, geht's doch ganz schnell. Und wir müssen das nicht für Sie erledigen. Ist uns unangenehm, wissen Sie."

Es war ein Spiel. Melanie merkte das. Sie konnte ablehnen. Steinmüller rauchte. Schrenk trank einen Kaffe an der Tankstelle. Der Verkehr hatte zugenommen. Fast alle fuhren Richtung Köln. Sie könnte längst dabei sein. Würde jetzt ein wiedererwachter Vater die Leidensmasche durchziehen? Gab es nicht eine Million andere Wege zu einer Tochter? Sie hörte ihr eigenes Soll-er-doch! Paps, du hast mir gerade noch gefehlt. Sie sagte: "Ach, was soll's. Wo muss ich reinsprechen?"

"Einfach so. Freisprechanlage. Ich rufe die Leitstelle, dann gehe ich solange raus. Sie können ungestört reden."

Sie stieg in den Passat, auf den Fahrersitz. Steinmüller trat seine Zigarette aus, schwang sich neben sie und drückte ein paar Knöpfe, spulte eine Meldung ab. "So, Sie können. Hupen Sie, wenn Sie fertig sind." Er ließ sie allein. Sie hörte ein leises Brummen.

"Sigurd 23, bitte sprechen Sie."

Sie nahm alle Kraft zusammen:

"Wieso ich? Fang du an! Endlich."

Schweigen. Brummen.

"Melanie? Bist du es?"

Es klang wie aus dünnem Blech gewalzt.

"Deine Tochter. Ja."

"Meine.... Hör mal, das ist so blöd hier. Alle hören zu. Ich weiß nicht..."

Sie unterbrach ihn: "Eine gute Übung, Vater, mein Vater. Bestimmt wird das auch alles aufgezeichnet. Machen die immer so. Stimmt's meine Herren?"

"Sie nicken, Melly. Oh Gott. Ich hab gehört, du bist auf dem Weg zur Uni. Nimm mich mit, ja? Du, wir haben fast den gleichen Weg. Du könntest mich an der Klinik absetzen. Und wir reden unterwegs. Ja? - Bitte."

Melanie schwieg. Atmete. Ein und aus.

"Sigurd 23, bitte sprechen Sie!"

Aus und ein. Sie dachte daran, wie sie als Kind oft mit ihm im Auto unterwegs war, nach der Schule. Und wie er ihr dann etwas von seinem Leben erzählte. Ihr zeigte, was ihm gefiel, und was nicht. In ihren Träumen saß sie oft neben ihm im Auto. Ein. Und aus.

"Sigurd 23!?"

Melanie sagte mit männlicher Stimme: "Wenn du brav bist, darfst du schalten." Das hatte Papa manchmal zu ihr gesagt, wenn er gut drauf war. Und sie durfte dann auf sein Zeichen den nächsten Gang einlegen, während er die Kupplung trat.

"Ich werde ganz brav sein, Kleines", versprach er. "Und wenn du nicht mehr willst, lässt du mich irgendwo unterwegs bei einer Raststätte raus. -Danke, Melly."

"Roger. Verstanden und Ende. Vorerst." Sie haute auf die Hupe und ließ nicht mehr los. Steinmüller lächelte. Melanie auch.

*

St. Michael wurde durch die Morgensonne zu einem strahlenden Wahrzeichen Siegbergs. Eine einzelne reinweiße Wolke stand wie zum Konklave genau über dem hellgelben Abteigemäuer, das man von der Autobahn sah. Habemus Papam! Das erlösende Wort der Kardinäle kam ihr in den Sinn. Wir haben also einen neuen Vater. Erlösend fand sie das nicht.

Sie kurvte sich heran ans Zentrum der Stadt. Unterhalb des Klosterbergs sollte sie ihn auf dem großen Parkplatz auflesen.

Sie sah ihn gleich. Er hatte sich auf eine dieser städtischen grünen Gitterbänke gesetzt, die sich anfühlen, als sitze man auf einem Grillrost. Seine kleine Sporttasche hatte er zu seinen Füßen abgestellt. Er sah müde aus. Einen Augenblick dachte Melanie daran, umzukehren. Da hatte er sie gesehen. Wir haben einen Vater, dachte Mel. Sie hielt direkt vor ihm und wartete, bis er die Beifahrertür öffnete: "Hab mein Wagen vollgeladen, was?" Das sollte launig klingen. Er hatte sich im Wagen umgesehen und das wilde Sammelsurium bemerkt. Tatsächlich nahm er seine Tasche mit nach vorne. Auf dem Aktenordner wäre noch Platz gewesen, aber er quetschte sie vor den Sitz, stieg ein und sagte: "Hallo."

"Hallo." Das waren für viele Kilometer die einzigen Worte zwischen Vater und Tochter.

Mel machte das Radio an. Die Bee Gees jaulten "Words". Sie schaltete wieder ab. Pa räusperte sich. Musterte die Sieg, die sich in den Knoten der großen Autobahnen zu verlaufen schien.

Absurd, völlig absurd, dachte Mel. Aber bitte. Warum nicht? Ich muss mich aufs Fahren konzentrieren. Ich werde ankommen. Heute noch. Die Sache mit dem Schalten war ihr jetzt, so eng neben diesem

Justus Sternfeld, nur peinlich. Sie zählte die Begrenzungspfosten, multiplizierte mit den Abstandsmetern. Bei Kilometer 22 hielt sie es nicht länger aus: "Lang mal nach hinten. Unter meinem Mantel muss eine Kladde liegen."

Er sah sie von der Seite an. Leben kam in sein Gesicht. Die Spannung war auch ihm unerträglich. Er drehte sich mühsam und ächzend um und wühlte unter Mellys Mantel. Sie sah seine behaarten Waden in den dünnen Schuhen und fühlte Beklemmung dabei.

"Au, verdammt! Was ist denn das?" Er zog seine rechte Hand unter dem Stoff hervor und starrte auf seinen Zeigefinger. "Blut! Hör mal, hast du da Mausefallen für mich versteckt? Ein bisschen albern, oder?! Wo ist der Verbandskasten?"

"Albern, ja. Unter dem Sitz. Vermutlich die Mäuse."

"Ah ja, die Mäuse. Ich hörte davon. Du bist mir eine..." In der Linken hielt er zu seiner eigenen Überraschung das Büchlein. Er wischte sich die Bisswunde an der Hose ab, drapierte den Mantel grob über die anderen Sachen und drehte sich um. "Und? Liest du mir was vor? - Das hast du früher immer gerufen, wenn du schon oben in deinem Zimmer warst und den Schlafanzug angezogen hattest."

"Du kannst selber lesen. Nur die Seiten, die ich mit Füller geschrieben hab. Sind für dich. Post für den Tiger. Alles andere ist tabu, verstanden?"

"Aye, aye, Sir."

Das hatte sie kürzlich schon mal gehört. Männer!

Sie machte das Radio wieder an, nur um nicht mit anhören zu müssen, was in ihrem Beifahrer vorging, der jetzt endlich ihre Briefe an ihn las, sein Atmen, sein Seufzen und all das. Als er weinte, drehte sie lauter.

Sie nahm ihm die Kladde aus der Hand und warf sie nach hinten. "So, jetzt ist mir wohler", rief sie.

"Mir auch. Danke." Er machte das Radio aus. Sie sahen sich kurz an. "Wir haben nicht viel Zeit." Das Siebengebirge zog vorbei. Er dachte an eine Wanderung zum Ölberg hinauf, die endlosen Serpentinen, Mellys Quengeleien: "Durst! Durst!" Seine Frau war schreiend umgedreht und wartete unten in einem Weinlokal. "Darf ich dich was fragen, Mel?"

"Fang mit was Einfachem an, o.k.?"

"Was interessiert dich an diesem Studium? Ich hab mich heute Nacht mit Frau Küppers unterhalten. Du willst Leichen untersuchen lernen, stimmt's? Ich finde die Vorstellung nicht so gruselig. Aber warum gerade du?"

"Wolltest du nicht mit was Einfachem beginnen? - Ich war immer gut in Nawi."

"Nawi?"

"Naturwissenschaften. Grund zwei: Jemand verschwindet aus deinem Leben, ohne Spuren zu hinterlassen. Kennste das Gefühl? Kennste nicht. Wenn du morgens aufwachst und willst dir durchs Haar fahren, aber dann merkst du, dass dir deine rechte Hand fehlt - so ähnlich fühlt sich das vielleicht an. Die Vorstellung, dass ich durch simple Spektralanalyse ermitteln kann, wieso da jemand vom Leben zum Tod gekommen ist, hat mich beeindruckt. Lückenlose Beweisketten sind ein wunderbarer Schmuck. Grund drei: Eine Exkursion zu einem Gräberfeld, wo ich Skizzen machen sollte. Ich kann das. Und es macht Spaß."

"Die Zeichnungen in der Kladde? Äh, sorry, aber die waren nicht zu übersehen."

"Schon gut. Ja, die. Jetzt ich."

"Was?"

"Fragen. Erst die einfachen. Wie geht es dir?"

"Ich bin froh, wenn ich in der Klinik bin. Reicht das?"

"Nein."

"Na gut. Stichworte. Ich mag jetzt keine Krankengeschichte erzählen. Ein Schlaganfall, vor zwei Jahren. Gut behandelt. Dann vor sechs Wochen ein zweiter, winzigkleiner, wie die Ärzte sagen. Mein Blut muss von den Tabletten schon so dünn wie Wasser sein. Reha-Marathon, zweite Etappe in Söflingen. Da bringst du mich jetzt hin, wenn du es aushältst."

"Das kommt ganz auf dich an. Die Abfangjäger von der Zivilfahndung haben dich fast schon für tot erklärt! Du hast..."

"Etwas dick aufgetragen. Ich werd schon wieder." Er klappte die Sonnenblende runter, blickte in den kleinen Spiegel und beobachtete sich beim Sprechen: "Nischtkischte. Wachsmaske. Nisttkischte. - Na ja."

"Nischkischte?"

"Es soll eigentlich Nischtkischte heißen. Scheiße. Vogelhäuschen eben. Alberne Übungswörter. Aber ich krieg das hin. Ich übe drei Stunden sprechen mit einer netten Therapeutin. Meschwechschel. Messwechsel! Ha! - Aber jetzt bin ich wieder dran: Hat Mama dir erzählt, warum ich gegangen bin?"

"Immer wenn sie nüchtern wurde. Mit jedem Mal wurde deine Akte dicker. Sie hat so viel schwarze Galle über dein Bild gegossen, dass es kein Licht mehr darauf gibt. Gab."

"Willst du meine Wahrheit hören?"

"Ach, Papa, lass mal stecken, ja? Keine Lebensbeichte vor der Tochter im Angesicht des Todes. Bei 115 Sachen auf der Autobahn. Wenn es dich beruhigt: Ich habe deine Frau vor ein paar Stunden selbst verlassen. Und ein kleiner Junge sitzt jetzt wahrscheinlich schon in der Abschiebezelle, ohne meinen Beistand. Wir zwei sind ein nettes Gespann. Bonnie & Clyde für Arme."

Vater lachte, hustete dann: "Leichen pflastern ihren Weg!"

"Spiel mir das Lied vom Tod!", lachte Melanie. Lachte, bis ihr die Tränen die Sicht nahmen. Ein Holztransporter scherte kurz vor ihnen aus. Papa lachte weiter. "Fahr besser rechts ran, Kleines. Da vorn kommt ein Parkplatz."

Sie hatten sich einander zugewendet. Die Fenster waren offen. Das Rauschen der Autos drang zu ihnen vor. Der Fluss. Beide hielten sie ein Taschentuch in der Hand.

"Noch eine Frage, ja?" fragte Mel. "Eine schwere. - Wieso gerade jetzt?"

Justus Sternfeld putzte sich ausführlich die Nase. Es war ihm sichtlich peinlich: "Dieser Juro hat's einfach vermasselt. Ich wollte dich nicht stören. Wollte nur noch ein bisschen Anteil nehmen an deinem Leben. Mich dran freuen, wenn du willst. Sentimental und oberfeige. Ja.- Zufrieden?"

"Ober was? Hab's nicht gehört...."

"O-ber-fei-ge."

"Und Juro hat was gemacht? Hab ich auch nicht verstanden..."

"Der Junge hat's - ans Laufen gebracht."

"Dafür machen sie ihm jetzt die Hölle heiß. Könntest dich ein bisschen dankbar erweisen, findest du nicht?"

Papa betrachtete demonstrativ die Schnittspuren der Kabelbinder an seinen Handgelenken.

"Und überhaupt! Wie bist du eigentlich da rausgekommen? Wieso hast du da so'n Geheimnis gemacht? Zeig mal!"

Sie nahm seine Hände, betrachte die roten Linien.

"In dem Container war ich nicht alleine."

"Wie? Und das..."

"Eine - Maus war da und hat die Kabelbinder durchgebissen. Ganz systematisch. Absichtlich, irgendwie. Kann ich doch nicht der Polizei erzählen."

"Die hätten das ausnahmsweise ganz normal gefunden heute Nacht, glaube ich."

Wie auf ein Kommando lugten beide unter Mellys Mantel. Ein Mäusepaar zuckte zusammen und versteckte sich hinter Juros Coladose.

"Wenn uns jetzt jemand sieht in diesem Chaos, könnte er auch an so hässliche Worte wie asozial oder delinquent denken", meinte Melanie.

"Lernst du schon Vokabeln fürs Erstsemester? Tüchtiges Mädchen."

"Ach, Paps. Lass uns weiterfahren. Kennst du das Gedicht von Brecht über den Reifenwechsel?"

"Was ist - haben wir einen Platten?"

"Scherzkeks."

"Du... Melly?"

"Ja? Noch was unklar?"

"Eine Kleinigkeit, aber wir sollten nicht weiterfahren, bis das geklärt ist."

"Mach hin, Pa!"

"Wieso hängen da Socken an den Spiegeln?"

"Tja."

Mehr war dazu nicht zu sagen.

*

Söflingen liegt nur wenige Kilometer von der Uni entfernt. Mel wurde den Verdacht nicht los, dass ihr Vater nicht zufällig gerade hier rehabilitiert werden sollte. Sagte man so? Rehabilitiert? Wer Schuld trägt, kann sich rehabilitieren. Seltsam. Gab es Kliniken für sowas?

Sprechen lernen musste er. Genau wie sie. Wenn sie beide ihre Sprache wieder finden könnten, wer weiß... Vielleicht wäre dann endlich möglich, was sie so lange entbehren musste.

Sie hatte ihn an der Klinik abgesetzt. Apoplex und Aphasie waren dort Spezialgebiete. Von außen machte sie einen guten Eindruck, und ihr Vater ging ziemlich sicheren Schrittes auf den gläsernen Eingang zu. "Man sieht sich", hatte er noch gerufen. Sie hasste diese verlogene Floskel. Hatte Angst, ihn eben nicht wiederzusehen. Angst, ihn zu oft wiederzusehen. Wusste nicht, wie man warmherzigen Kontakt hält, ohne Kletten zu züchten. Wusste nicht, wie mit seiner Krankheit umzugehen wäre. - Man sieht sich. Man sieht sich nicht. Blütenblätter zupfen. Wir telefonieren. Wir telefonieren nicht. - Hinter ihr hupte jemand. Die beinahe durchwachte Nacht und die Aufregungen griffen nach ihr und zogen sie in eine verlockende Müdigkeit. Jetzt nicht schwach werden! Die Sonne hatte ihren Höchststand lange hinter sich. Aber sie könnte es noch schaffen ins Sekretariat, wenn diese blöden Ampeln nicht immer Rot zeigten!

Sinnigerweise lag die Zulassungsstelle auf dem Eselsberg! "Eselsjahre" hatte der Direx die Zeit nach dem Studium bis zur Rente genannt. Mit seiner Rede zum Abitur machte der verkniffene Endvierziger den jungen Leuten so richtig Mut: "Jahre, in denen man eine Last von A nach B schleppt, von B nach A. In denen man Aufgaben zu lösen hat und knappes Futter, aber reichlich Tritte erhält." Sie hatte schon damals in der heruntergekommenen Aula gedacht: Du hast ja keine Ahnung - die Eselsjahre hab ich bald hinter mir!

Die Donau konnte sie kaum sehen, als sie die Adenauerbrücke überquerte. Sie ahnte ein Transportgewässer. Doch sie hatte schon gelernt, eine Stadt nicht nach ihren Durchfahrtstraßen zu beurteilen. Ich werde mir diese Stadt erobern, dachte sie. Und hörte von hinten ein Stimmchen: "Und wie! Du wirst dich noch wundern!" - Na ja, dachte Mel, in der Uniklinik haben sie bestimmt auch eine psychiatrische Abteilung. Als sie am Kienlesberg abbog, fiel ihr ein Vers ein:

Größenwahn und Stimmenhören kommen gern gemeinsam. Wenn sie auch mitunter stören, du bist doch niemals einsam.

Sie wertete das als gutes Omen.

Sie erprobte Eroberungstechniken und kam sich vor wie Amundsen am Südpol: In zweiter Reihe parken. Auto unverschlossen stehen lassen. Außer einer Mappe nichts aus dem Auto mitnehmen. Im Laufschritt irgendwen fragen: "Zulassung?" Die dummen Antworten ignorieren ("Hab ich selber nicht!") und die nützlichen beherzigen. Sich plötzlich fragen, wieso man eigentlich barfuß durch Bürogänge wetzt und sich dadurch nicht eine Sekunde abhalten lassen. Und schließlich: Gnadenlos Vordrängen mit einer schwedisch klingenden Entschuldigung. Und weil die nicht hilft, tritt Plan B in Kraft: Ein Blick aus azurblauen Augen, mindestens zwei Sekunden lang gehalten- aber höchstens drei, sonst gibt's neue Probleme. Einundzwanzig zweiundzwanzig. Uff. - Na also. Geht doch.

"Dann geben Sie mal her, Frau....Sternfeld. Matrikelnummer haben wir ihnen zugefaxt, wie ich sehe...." Der Mann sah aus wie der griechische Gemüsehändler in Waldbergerhütte, bei dem sie für Mama immer frische Feigen kaufen musste. Er trug ein Hawaihemd und sah damit ziemlich launig aus. Äußerer Anschein kann trügen.

"Die 134803 gehört zu einem Rainer Stausberg." Er blickte kurz auf und sah Mel ins Gesicht. "Sind Sie das?"

"Seh ich so aus? Melanie Sternfeld. Aber die Nummer stimmt." Sie angelte das Fax aus der dünnen Ledermappe. "Hier."

"Hochinteressant." Er reichte es ihr zurück, ohne einen Blick darauf geworfen zu haben. "Das heißt für uns heute erfreulicherweise: Feierabend. Sie haben den Studienplatz offensichtlich abgelehnt. Ist ja nichts Schlimmes. Das kommt oft vor. Nehmen wir nicht persönlich. Das Leben geht oft wundersame Wege. Da bleibt mir nur zu sagen: Alles Gute für Ihre weitere Zukunft." Er prüfte, ob noch etwas in seiner Thermoskanne war, schraubte dann den Trinkbecher drauf und kramte eine Aktentasche hervor, so groß, dass man den Umzug für einen Singlehaushalt damit machen könnte.

Mel blieb gerade noch Zeit, sechsmal zu atmen. Das musste genügen. "Ich möchte Frau Duck sprechen."

Der Feigenfuzzi sah sie müde an, peilte auf die Uhr auf seinem Schreibtisch, drückte endlich eine Taste auf einem grauen Kasten:

"Steffimaus? Biste schon im Tennisdress? Schade. Hier ist noch Kundschaft."

Aus dem Lautsprecher hörte Mel: "Das ist dein Kunde, Zorbas. Tugend Nummer 68: Tue nie mehr, als in deinem Arbeitsvertrag steht."

Der Grieche drückte nochmal die Sprechtaste, und Melanie beugte sich weit über die Theke, rief in diesen grauen Kasten hinein: "Frau Duck. Ich bin's. Melanie Sternfeld!"

Zorbas ließ den Knopf los und starrte sie an: "Man kennt sich. So. Der Computer kennt Sie allerdings nicht. Und wie ich die Kollegin kenne, hat sie sich soeben verdrückt."

"Warum kennst du mich so wenig, Zorbas, Dickerchen?" So flötend kam eine untersetzte, quicklebendige Dame aus dem Nebenraum. Frau Duck, die tugendhafte Sekretärin. "Lass mich mal da ran", scheuchte sie den Kollegen von der Tastatur, wie man Hühner vom Hof jagt. "Hallo, Frau Sternfeld! Hatten Sie eine gute Anreise?"

"Jaja, ganz normal. Aber ich bin offensichtlich umsonst gekommen."

"Mo-ment. Ich gebe jetzt mal Ihren Namen ein und nicht die Matrikelnummer", sagte sie mit einem kritischen Blick auf Zorbas. "Sternfeld, Melanie. Haben wir nur eine. Die steht hier vor uns in voller Größe und mit wunderschönen blauen Augen. Hat die Nummer 134804. Wenn sie jetzt ihren Sozialbeitrag zahlt und das Semesterticket, kann sie sich am Servicedrucker den Ausweis printen lassen. Schön, dass Sie bei uns sind. Viel Erfolg. Ich muss jetzt zum Match."

"Aber was war denn da los? Ihr Kollege sagte doch..."

"Ihre Mutti hat angerufen und Ihren Platz abgesagt. Sie meinte, Sie hätten was Passendes in Hamburg gefunden."

"Sie hat was? Das gibt's doch gar nicht... Und wieso bin ich jetzt doch zugelassen?"

"Mädchen, Mädchen... Tugend Nummer 24: Mitdenken statt Knopf drücken! Hamburg bietet überhaupt keine forensische Anthropologie an. Und wer sich so ins Zeug legt wie Sie, Mädchen, der wechselt nicht in 24 Stunden das Fach. Und im Zweifelsfall gilt Tugend 24a: Wir sind hier alle erwachsen. Sie melden sich an. Sie melden sich ab. Und nicht Mama. - Studieren Sie! Jetzt! Ich bin auf dem Platz und will Rache nehmen. Oder heißt das Revanche?" Gab Zorbas einen Klaps auf den Hinterkopf und rauschte ab, die Linke zum Gruß erhoben.

"Äh, ja, mein ich auch", sagte Zorbas, der seine Aktenasche die ganze Zeit festgehalten hatte, "was Frau Duck da sagte. Viel Erfolg! Und, äh, mit den Augen, das stimmt. Nichts für ungut."

Sie legte 140 Euro auf die Theke. "Ist ja nochmal gut gegangen. Ich muss jetzt los. Tolles Hemd, echt.- Wo ist Gebäude M 24?"

"Ihre Quittung!"

"Hol ich morgen. Danke!"

14 Allez hopp!

Die Stunden zwischen elf und ein Uhr mittags hatte sich Melanie reserviert für das Nacharbeiten der Vorlesungen. Es war nicht ihre beste Zeit, aber immer noch produktiver als der frühe Nachmittag, wo sich ihr Kreislauf regelmäßig der Nulllinie näherte. Sie hatte schon feststellen können, dass sie eine gute Schulbildung bekommen hatte. Es fiel ihr leicht, den Stoff zu organisieren und den Überblick zu behalten. An das Klappern des Briefkastens gegen halb zwölf hatte sie sich noch nicht gewöhnt. Kaum jemand kannte doch ihre neue Adresse, und das sollte auch noch eine Weile so bleiben. Sie erschrak auch diesmal.

Der Brief kam aus Bad Neuenahr. Klinik Dr. Kilz, alle Kassen. Unterschrieben hatte ein Werner Sonneck, Diplompsychologe.

"Sehr geehrte Frau Sternfeld, Ihre Frau Mutter bat uns, Ihnen kurz zu berichten, wie es um sie steht. Ich wurde damit beauftragt, weil ich sie in zahlreichen Gesprächen kennenlernen durfte und inzwischen auch ein Bild von der Mutter-Tochter-Beziehung gewinnen konnte. Ich habe mich dazu bereit erklärt, nachdem ich mit meiner Klientin die Grenzen dieses Auftrags abgesprochen hatte. Es musste unbedingt vermieden werden, dass ich in Ihre Beziehung hinein instrumentalisiert würde. Was Ihre Mutter Ihnen selbst zu sagen hat, muss sie auf ihre Weise selber tun. Es war nicht einfach, ihr das klar zu machen. -Meine Worte werden Ihnen vermutlich kaltherzig und distanziert erscheinen. Das muss im Augenblick so sein. Ihre Mutter hat mich von meiner Schweigepflicht ausdrücklich entbunden. Das Dokument liegt bei Bedarf zur Einsicht in meinem Büro für Sie aus. -

Die Patientin (Pat) kam nach der Entgiftung zunächst regelmäßig in die Gruppenstunden. Sie hat sich dort nur schwer integrieren können. Durch ihre zwanghaft exaltierte Selbstdarstellung zog sie sich die Aggressionen der anderen Pat. zu. Sie ist bisher nicht bereit und in der Lage, Verantwortung für ihre Krankheit und Gesundung zu übernehmen. In Kooperation mit der Neurologie der Unikliniken Bonn (Prof. Delming) wurde der Status der sich anbahnenden Alzheimererkrankung abgeklärt. Hier sehen wir bei optimierter Compliance Möglichkeiten einer Hemmung des pathologischen Prozesses. Eine therapeutische Intervention muss vorrangig am Suchtverhalten ansetzen. Hier sind unsere Möglichkeiten noch lange nicht ausgeschöpft.

In ca. einem Jahr könnte eine eher tiefenpsychologisch orientierte Langzeittherapie der Pat. Zugang zu ihren deformierten inneren Strukturen eröffnen. Ziel wird m.E. sein, Energien umzulenken, hin zur Aufnahme von macht- und konkurrenzfreien Beziehungen, welche die Pat. aus ihrer emotionalen Isolation lösen könnten. Von Klinikseite experimentieren wir zur Zeit mit dem Einsatz von beziehungsstabilen Tieren. Frau S. bekommt regelmäßig Besuch von einem Betreuer und dessen Hund. Bislang besteht die Kontaktaufnahme noch in herrischen Hunde-Erziehungsversuchen seitens der Pat. - So viel zur Situation der Pat.

Bitte nehmen Sie von Besuchen Abstand. Das könnte den Heilungsfortschritt hemmen. Teilen Sie mir bitte mit, ob ich Ihre Anschrift an Ihre Mutter weiterleiten darf, damit sie selbst Gelegenheit hat, Kontakt herzustellen. Freundlich grüßt Werner Sonneck, Dipl.Psych."

Ohne zu überlegen griff Melanie nach einem Stift und schrieb in den freien Raum auf der Seite: "Es mag Ihnen kaltherzig erscheinen, aber das muss so sein. Sie geben meine Adresse auf keinen Fall weiter. Ich nehme Kontakt auf, wenn ich kann und will. Sternfeld." Dann ersetzte sie das "wenn" durch "falls" und steckte den Brief in einen Umschlag. Sie unterbrach die Arbeit an dem Skript "Anorganische Chemie I" und lief so wie sie war die Treppen hinunter, fädelte sich quer über die belebte Straße zu dem Briefkasten, der zwischen Bäckerei und Friseursalon hing. Er würde heute noch geleert werden. Das Geräusch der Klappe war kaum hörbar im Straßenlärm. Aber es tat so gut!

Das Gefühl hielt an bis zur verschlossenen Wohnungstür. Scheiße.

Sie klingelte bei ihrer Vermieterin, die im selben Haus im Erdgeschoss wohnte. Es war gar kein Problem. Frau Koebner schloss mit einem Zweitschlüssel auf. Freundlich und ohne Häme. "Nur wer nichts tut, macht keine Fehler. Darf ich Ihnen denn auch meinen Schlüssel zur Verwahrung hochbringen? Mir passiert das auch schon mal, dass ich ihn vergesse und vor verschlossener Tür stehe. Es würde mich beruhigen, wissen Sie?"

Mel freute sich über das Vertrauen: "Gerne!" Und fragte sich, ob in Ulm besonders viele lebenskluge, freundliche Frauen leben.

*

Für Philos war es jedesmal ein Fest. Schon wenn er ins Auto sprang und merkte, dass es Richtung Autobahn ging, lebte der alte Herr sichtlich auf. Auf der kleinen Ladefläche des Geländewagens fand er keine Ruhe, suchte wie ein Panther im Käfig bald in der einen, dann in der anderen Ecke Platz. Das ging so bis Bad Neuenahr. Wenn es von der weit geschwungenen Brücke der A 61 den ersehnten Blick auf das kleine Weinstädtchen im Ahrtal gab, beruhigte er sich, als bereite er sich auf seine Aufgabe vor. Für den Fahrer war es umgekehrt: Mit jedem Kilometer Nähe wurde er nervöser. Fragte sich, ob er sich zu viel vorgenommen hatte. Fragte nach seinen Motiven, die ihm von Mal zu Mal dubioser erschienen. Wer war er denn, dass er sich zutraute, eine abhängige und von vorzeitiger Demenz bedrohte Frau auf einem Weg zu begleiten, den sie oft genug gar nicht gehen wollte? Sein abgebrochenes Studium, über das er sich gern lustig machte, wenn er mit ehemaligen Kommilitonen zusammen war, lag ihm auf der Seele. Er fühlte sich unfertig. Philos half ihm meist mit einem Satz aus dem Tief. Mit dem Satz, den er machte, sobald Fabian die Hecktür des Wagens öffnete! Meist stand Frau Sternfeld dann hinter der Gardine ihres Fensters und spähte hinaus. Die Klinik war in einer Gründerzeitvilla untergebracht. Viel Stuck, hohe Fenster und ein abweisender Vorgarten. Ein nachträglich angebauter Aufzugschacht störte den friedlichen Eindruck. Die Gitter an den meisten Fenstern erst recht.

Wenn Fabian ihr winkte, verschwand das Gesicht sofort. Philos bellte einmal kurz zur Begrüßung. Dann schritten beide im Bewusstsein der Bedeutung ihrer Aufgabe zur Tat.

Durch Zufall war Fabian an diesen Job gekommen. Manchmal genoss er diese Fügungen in seinem brüchigen Leben. An anderen Tagen dann wünschte er sich Planmäßigkeit und die Sicherheiten einer Beamtenexistenz. An Tagen wie dem, als er gerade seinen Weidezaun hinter dem Sternfeldhaus in Waldberg abbrechen und einrollen wollte. Die Herde sollte nach Freudenberg geführt werden, aber nicht mehr von Fabian. Er hatte sich schon mit seiner Ablösung bekannt gemacht, einem Bilderbuchschäfer, der ihm gleich ein paar Fotos zeigen konnte, die ihn auf Kalenderblättern und CD-Covers zeigten, mit Lodenmantel und qualmender Pfeife. Sein Handwerk verstand er offenbar auch, denn er machte Fabian nach wenigen Blicken auf die Herde auf Versäumnisse aufmerksam, die teuer werden konnten: Krankheiten an den Hufen und Anzeichen von Pilzbefall. Mit dem Hütehund gab es auch keine Abschiedsszenen - er erkannte den Profi und neuen Herdenchef und kniff Fabian freundschaftlich in die Wade - das war's dann.

Dr. Ritter hatte die Idee gehabt und Fabian angesprochen. Er kannte das Ärzteteam in Neuenahr und fand die dortige Methode der Arbeit mit Tieren, die Pet-Therapie, hervorragend geeignet für seine Patientin. Und er war heilfroh, dass er sie abgeben konnte! Das würde seinem Nachtschlaf gut bekommen. Frau Sternfeld hatte sich mit dem jungen Mann gut verstanden, auf eine für ihren Zustand sehr sachliche Art und Weise. Wenn sie bei Verstand war, konnte sie ihm dankbar sein, dass er sie in der Nacht aufgenommen hatte in seinem Auto, dass er die Situation nicht ausgenutzt hatte für irgendwas Cicero-Artiges. Dass er ihr Testament zerrissen hatte, in dem sie Haus und Hof einem gewissen Herrn Bauschulte vermachte! - Bei seinem vorletzten Besuch im Ahrtal hatte sie ihn wegen derselben Ereignisse einen hirnerweichten Hurensohn genannt. Und einmal hatte sie sich an gar nichts erinnern können, ihn für den Hausmeister gehalten.

Philos war anfangs skeptisch gewesen. Die Tage im Tierheim hatten ihm nicht so sehr zugesetzt, aber an Fabian hing anscheinend noch tagelang der Geruch seines Hütehundes. Die Kontaktaufnahme zu Melanies Mama war dann ein großer Fortschritt und kam Fabian als medizinischem Hundehalter zugute.

Die Zimmer in der Klinik waren geräumig und konnten von den Patienten mitgestaltet werden. Frau Sternfeld hatte sich ihren bequemen Sessel hinein gestellt und mindestens ein Dutzend Puppen im Raum verteilt. Die meisten waren Monchichis, zuckersüße Plastikäffchen, die sich anklammerten an Lampenkabel oder Stuhllehnen. Die meisten steckten den Daumen in den Mund. Ein Fotoalbum mit Rosenmuster hatte sie auf ein Beistelltischchen am Fenster gelegt. Es lag seit Wochen immer an der selben Stelle, zunehmend staubig und unbenutzt.

"Philos, Platz!" Frau Sternfeld dirigierte den Hund, der ihr so gerne die breiten Pfoten auf die Schultern gelegt hätte, auf einen Platz in der Ecke des Zimmers, hinter den Sessel. "Wieso bringen Sie immer diesen Köter mit, Herr Weber? Gleich muss er Gassi gehen und wir können uns nicht in Ruhe unterhalten."

"Mich stört er nicht", sagte Fabian, und es entsprach der Wahrheit. "Die Luft ist wunderbar heute. Hier ist es vier Grad wärmer als im Bergischen, ich habe ein Thermometer im Auto. Feine Sache. Wir könnten an der Ahr entlang ein paar Schritte gehen. Jetzt will ich nach unten und mit dem Doktor sprechen. Das wird eine halbe Stunde dauern. So lange lasse ich Sie mit Philos allein, o.k.?" Das gehörte zum Programm - angefangen hatten sie mit fünf Minuten.

"Wer ist Philos? Ich habe ein Recht auf ein Einzelzimmer! Sagen Sie das dem Doktor. Hier kommt niemand sonst rein!"

Philos fühlte sich gerufen und unverstanden, kam hinterm Sessel hervor und schmiegte sich an ihre Beine.

Sie setzte sich in den Sessel. "Nun gehen Sie endlich! - Und du bist brav! Dann kriegst du was Feines von Mama!"

Fabian sah, wie sie dem Hund mit fester Hand das Fell kraulte.

"Wie heißt du denn, hm? Stimmt's, wir lassen niemanden hier rein? Pass du schön auf!"

Auf dem Flur hörte Fabian noch: "Sie hätten mir ruhig ein paar Blumen mitbringen können, Sie ungehobelter Glatzkopf! Schließlich leben Sie von mir!

Fabian hatte die Auflage, sich bei jedem Besuch im Arztzimmer zu melden. Seine Berichte wurden nach dem immer gleichen Schema aufgezeichnet. Anfangs hatte er sich darüber geärgert, wollte spontan erzählen von Fortschritten und Rückschlägen, kleinen Streitereien während der Spaziergänge. Wie sie ihn auf der Promenade einen Grapscher geschimpft hatte, auf den man den Hund hetzen müsste usw.

"Daraus können Sie eine Geschichte für BRIGITTE machen. Wir brauchen standardisierte Beobachtungen." Der Psychologe war stolz auf seine Arbeit, wie es schien. Und ein Schnösel. "Forschungsgelder gibt's nicht für Freud- und Leidgeschichten spätgereifter Sozialpädagogen. Von diesen Geldern bezahlen wir Sie. Füllen Sie die Excel-Tabelle aus, wie ich es Ihnen gezeigt habe. Sie haben ein Notebook, hab ich gesehen. Schreiben Sie's zuhause und mailen Sie es uns, wenn Ihnen das lieber ist."

"Ist schon in Ordnung hier. Die Arbeitsatmosphäre ist o.k. Der Laptop ist - nur geliehen."

"Hab mich schon gewundert..." Ein Original-Schnösel.

Die Arbeitsatmosphäre hieß Claudia und war Schwester in der Diabetesambulanz. Dort stand der Rechner für die Dateneingabe. Sie konnte eine Kaffeemaschine so bedienen, dass ein anregendes Getränk dabei entstand. Und sie roch selbst hinter Schweiß und Sagrotan nach frischen Himbeeren, was die Wirkung des Kaffees enorm steigerte. Letztes Mal hatte sie seine Glatze gestreichelt, einfach so.

"Cortison?", fragte sie.

"Erst ja. Dann auch Rasierer. Hab mich gewöhnt an die Platte."

"So?" Mehr sagte sie nicht, mehr fragte sie nicht.

Heute Morgen hatte er sich den Schädel nicht rasiert und sich schon während der Fahrt geärgert. Es juckte höllisch. Während er jetzt mit zwei Fingern und ziemlich konzentriert seine Angaben zu Satzlängen, Begrüßungskonventionen, Nebentätigkeiten und Streicheleinheiten tippte, musste er immer wieder unterbrechen und sich übers Kugelhaupt fahren.

"Ist unangenehm, wie?", fragte sie.

"Juckt ohne Ende!"

"Mit Ende. Bestimmt." Sie griff nach einem Tablett mit Dutzenden von kleinen Röhrchen. "Ich mach meine Pieks-und-Mess-Runde. Der Kaffee ist übrigens fertig."

"Sie sollten Krankenschwester werden oder sowas. Ne echte Begabung!"

"Hab ich auch schon überlegt. Aber die dummen Sprüche der Patienten könnte ich nicht jeden Tag aushalten. Bis zum nächsten Mal."

Der Kaffee war göttlich. Die Arbeit ging gut von der Hand. Danach hatte er noch eine kleine Nebenbeschäftigung zu erledigen.

Im Auto stellte er das Notebook auf die Oberschenkel und ging die Datei mit den Adressen noch einmal durch. Cicero hatte Buch geführt über seine ergiebigen Romanzen.

"Biggi - Rautenberg, Luise - * 1959 - E" Das E stand für Eigentum an Wohnung oder Haus, so viel hatte sich Fabian zusammenreimen können. Ein M hieß Mietwohnung. Dann gab es jeweils einen Wert von 1 bis 6, eine Art Benotungssystem. Fabian mochte nicht raten, wofür. Eine Spalte war für INVENTAR vorgesehen, eine für ERGEBNIS, versehen mit Datum. Biggi war eingestuft als 4er Typ, die in EIGENTUM lebt mit MÜNZEN und PFANDBRIEFEN. SPB 12TSD sollte wohl ein Sparbuch sein. Ein dickes Sparbuch. 0 Kinder, gesch. Die Spalte ERGEBNIS belief sich auf SPB 12TSD. 10 GDNK-MÜNZEN ADENAUER. Fabian schrieb sich aus der letzten Spalte die Telefonnummer ab. Die dritte auf seinem Block. Damit ging er zurück zu Schwester Claudia. Er durfte hier umsonst telefonieren. Die Spesen setzte er Melanies Anwalt trotzdem auf die Rechnung.

"Sie bringen mir mindestens fünf Geschädigte, die bereit sind Anzeige zu erstatten." Dieser Dr. Abstoß machte seinem Namen Ehre. Ein Geier, hatte Fabian beim ersten Treffen gedacht. Melanie hatte sich für ihn entschieden, einfach weil sie niemand anderen kannte. Er galt im Bergischen als Terrier, der seine Beute nicht loslässt. Angenehm musste er nicht sein. Für Fabian war es eine weitere Einnahmequelle, die zwar nur spärlich floss, aber seinen Jagdinstinkt geweckt hatte. Der Geruch des stinkenden Fleischbergs im Schlafzimmer von Mellys Mutter war eingebrannt in sein Gedächtnis. Er hatte die Fährte aufgenommen.

"Spreche ich mit Frau Luise Rautenberg?"

"Wer will das wissen?"

"Entschuldigung. Ich habe mich nicht vorgestellt. Fabian Weber. Ich bin Mitarbeiter des Anwaltsbüros Dr. Abstoß in Gambach."

"Ja, und? Ich bin Luise Rautenberg."

Sie sprach mit hessichem Akzent. Kalt und abweisend war diese Stimme. Das wunderte Fabian nicht, aber er zweifelte, dass diese Biggy auch anders konnte.

"Frau Rautenberg, unser Büro vertritt die Interessen von zwei Opfern, die von einem Betrüger erheblich geschädigt worden sind." Er machte eine Pause, hoffte auf großes Interesse, auf ein Na-prima-endlich-tut-sich-Was!

Stattdessen nur: "Was geht mich das an?"

Das war die Normalreaktion auf die letzten zehn Anrufe. Fabian holte Luft. Er hatte die Erfahrung gemacht, dass es nichts brachte, sich an das Thema anzuschleichen. Das machte alles nur schwieriger. Besser mitten hinein: "Frau Rautenberg, wir bringen eine Sammelklage vor gegen Christoph Bauschulte, der seine zahlreichen

Bekanntschaften, die er übers Internet macht, systematisch bestiehlt. Seine Aufzeichnungen enthalten auch Ihren Namen."

"Der steht auch im Telefonbuch. Soll mich das beeindrucken? Wer ist dieser Herr? Muss man den kennen?"

"Christoph Bauschulte, im Netz bisher aufgetreten in verschiedenen Chatrooms als Cicero."

"Tut mir Leid, dass ich Ihnen nicht helfen kann, Herr Weber."

"Warten Sie, einen Moment, bitte. Sie besitzen ein Sparbuch über zwölftausend Euro?"

"Woher wissen Sie davon?"

"Die Aufzeichnungen des Herrn B. sind genau. Sehen Sie bitte einmal nach, ob es noch da liegt, wo Sie es vermuten."

"Hören Sie, wenn das irgend so eine Telefonterror-Nummer werden soll, vergessens Sie's. Ich werde nicht meine Gardinen anzünden oder den Kompost im Wohnzimmer verteilen."

"Bitte, Frau Rautenberg. Wie Sie wollen. Ich geben Ihnen meine Nummer, Sie gucken nach, falls Sie es sich überlegt haben, und rufen mich dann an oder lassen es bleiben. Von mir hören Sie dann nie wieder etwas. Ist das ein Angebot?"

Er nannte ihr die Durchwahl der Ambulanz und legte auf. Es ist immer dasselbe mit den Weibern, dachte er.

"So", sagte Claudia, die das Gespräch mit anhören musste. "Wenn eine wildfremde Frau dich anruft und fragt, ob du auch so blöd warst, auf die Scharfe Marie reinzufallen, die dir deine Kamera geklaut hat, was sagst du dann am Telefon?"

"Wer soll das sein?"

"So."

"Es ist trotzdem nervig."

"So ist es."

"Hast du ein Glas Sekt da? Auf das Du müssen wir anstoßen!" Er grinste.

Das Telefon klingelte in seinen Satz hinein. Die Stimme war jetzt schrill wie ein rutschender Keilriemen auf der Benzinpumpe.

"Es ist weg! Nicht mehr da! Einfach weg! - Haben Sie es? Was ist mit diesem Schwein? Haben Sie ihn?"

Sie war sofort bereit, Anzeige zu erstatten.

"Wir schicken Ihnen einen Fragebogen, den Sie bitte ausfüllen und unterschreiben. Es kann sein, dass Sie dann hier ins Bergische anreisen müssten, irgendwann. Die Fahrtkosten übernimmt das Büro Abstoß. Und jetzt können Sie Ihre Gardinen anzünden."

"Tut mir Leid. Ich war verärgert. Über mich."

"Ich war auch ein bisschen verärgert. Nix für ungut."

Drei Anzeigen waren beisammen. Wenn niemand zurückzog.- Er drehte sich mit dem Stuhl um.

"Ich heiße Fabian!", sagte er mit dem Blick auf den Kühlschrank.

"So. Ich heiße Claudia. Im dem Kühlschrank, den du so anzüglich anpeilst, sind über hundert Blutproben. Aber wenn du magst....? Zeig mal deine Eckzähne."

Fabian legte seine obere Zahnreihe frei und krauste die Nase wie Jack Nicholson kurz vor der Tat. "Damit habe ich schon Schafe auf offener Weide bei Vollmond gerissen! - Nun, man kann auch mit Kaffee anstoßen."

"So", sagte sie. Sie prosteten sich zu. Dann küßte sie ihn auf den Schädel. "Zum Abschied von der Platte."

"Ich habe rote Haare", sagte er.

"So, so", sagte sie.

*

Das Institut für Archäologie lag dem Schlossgebäude gegenüber. Sein Eingang lag in einer Flucht mit dem Schlafgemach des ehemaligen Schlossherren, das jetzt die Bibliothek der Niederlandistik beherbergte. Eine riesige Rasenfläche verband und trennte die beiden Gebäude. Das magere Grün zeigte zig bunte Flecken. Studenten lagen in der Sonne, lasen, schmusten, schliefen. Die ersten Frisbees waren eingeflogen, Zugvögel der besonderen Art, die im Winter sicher in Afrika überdauern.

Der Hörsaal befand sich im rechten Flügel der klassizistischen Rotunde. Ihren Mittelteil beherrschte ein halbrunder Vorbau. In ganzer Breite wirkte das Haus wie die steinerne Antwort auf das zweiflügelige Schloss in elfhundert Metern Entfernung.

Zwei weit geschwungene Treppen luden jeden Besucher des Instituts ein, hier auf die großen Glastüren zuzugehen - bis er das kleine Zettelchen entziffern konnte: Eingang Rückseite.

Fabian dachte, dass der Name Rotunde vielleicht etwas mit dem umständlichen Umrunden des Hauses zu tun hatte. Jedenfalls erwies es sich als Riesenkasten, und sah dabei so barock und zierlich aus - vom Schloss aus gesehen.

Es war kurz nach eins. Er hatte sich ein bisschen verspätet. Melanie wollte ihn zwischen Mensa und Vorlesung treffen. So beschäftigt war sie, hatte sie gesagt. Als er die innere Flügeltür öffnete, die in eine Art Vorraum führte, links ein Museum und ziemlich alte Knochen, rechts Hörsaal und ziemlich junge Leute, stand da nur eine dunkle Dame und studierte einen Prospekt. Entweder wartete er, bis das Seminar beendet war, oder er überwand seine Hörsaalphobie und suchte sich einen Platz in Mellys Nähe. Ob es den gab oder ob der Saal voll war, würde er erst wissen, wenn er die Tür aufgemacht hatte und alle ihn als Verspäteten angestarrt hatten. Er kannte das Gefühl noch sehr gut.

Die dunkle Dame trat auf ihn zu. Er verschwand im Hörsaal.

Die acht Reihen mit abgewetzten Holzklappsesseln waren schütter besetzt. Vorn zwei komplette Reihen. Rücken und Köpfe strebten hier harmonisch auf das ebenfalls schüttere Haupt eines Herrn im Karohemd, der gerade seinen Diakasten durchwühlte, sich für die Unterbrechung entschuldigte und rasche Weiterarbeit versprach.

Melanie saß in der vorletzten Reihe. Hinter und über ihr streckten vier mausgraue Leitzprojektoren ihre Teleobjektive in den Saal, der hohe Fenster haben musste, die aber von teergelben Vorhängen gehindert wurden, auch nur einen einzigen Strahl des Taggestirns passieren zu lassen. Fabians Blutdruck stieg. Sicher hatte er schon seinen roten Kopf! Niemals würde er sein Studium beenden! Nie wieder Hörsaal!

Melanie gab ihm ein schwaches Nicken, das ihn aufforderte, zu ihr zu kommen. Die Gelegenheit war günstig, das Dia immer noch nicht gefunden. Rechts von ihr war Platz, links saß ein Typ mit Gel-Bürste und blauem T-Shirt, auf dem grellgelb die ersten dreitausend Ziffern der Zahl Pi leuchteten. Er linste Melanie in den Ausschnitt, während er popelte.

Fabian nickte seinerseits, rief stimmlos: "Komm doch mal raus hier!", aber sie machte demonstrativ Notizen. Also stiefelte er zu ihr hoch und sagte zu Pi: "Hören Sie, da können Sie aber nicht parken! Wenn Sie sich beeilen, sind Sie noch vor dem Abschleppdienst da!" Pi war noch nicht ganz fertig mit Po, sprang auf und rief "Danke!".

"Dein Verlobter?"

"Er hilft mir nur in Chemie. Sei leise, es geht weiter."

"Organische?"

"Schwein! Anorganisch. Völlig anorganisch."

Blutdrucksenkung, aber auch dramatischer Abfall der Biokurve: Vor-Lesung. Es war wie immer. Obwohl der Vorlesende jetzt "Junior-Prof" genannt wurde, war alles beim Alten geblieben. Laber laber. Mediengestützt. Das Dia zeigte eine Schlammgrube, etwa 4 x 4 Meter.

Nichts weiter. Die Suche hatte sich gelohnt. Fanden offenbar die Studierenden - ein "Oh", ein "Ah" und ein "Bitte schärfer!" erschallte. Der Juniorprof hatte auch einen Junior-Assi, der zum Scharfstellen extra seine Brille putzte. Der da um mehr Schärfe gebeten hatte, rutschte aus der Reihe und stürzte, sich sacht gegen Junior verbeugend, nach vorn, damit er noch genauer in den Schlamm sehen konnte: "Sie hatten Recht, Herr Professor!" Er ging bis zur ehemals weißen Leinwand vor und zeigte mit seinem Nikotinfinger auf eine Stelle, die Fabian für einen Fliegenschiss auf dem Dia gehalten hätte. Man sollte nie zu spät ins Kino kommen, jedenfalls nicht bei anspruchsvollen Streifen, dachte er. "Darf ich mal?", fragte er und sah sich das Deckblatt von Mellys Hefter an: "Beitrag der Osteologie bei der Identifizierung auf dem Gebiet der Forensik (Falldemonstration) J.Prof. Ulf Steinbeißer"

"Aha", sagte Fabian, "Ulf. Interessant."

"Ja, findest du auch?

Mels Blick klebte an der Leinwand: "Es ist wahnsinnig spannend. Jeder

normale Mensch würde hier nix erkennen und glauben, da hätte

eine Fliege aufs Dia geschissen."

Fabian freute sich über seine Normalität.

"In echt ist diese Stelle da der Fundort für den fehlenden Röhrenknochen! Der Prof war selbst dabei, als die Grube vermessen wurde. Nur mit diesem Knochen wird der Fall Wutscherer abgeschlossen. Der war über einen Hektar verteilt. Der Schädel wie geschreddert, ich hab Fotos gesehen! Wenn wir großes Glück haben, hat er uns was mitgebracht!"

"Oh Gott, mir ist schlecht. Kommst du mit? Ich hab im Schloss ne

Cafeteria entdeckt."

"Fabian Marco Polo? Mir ist nicht schlecht. Warte noch ein bisschen. Jetzt kannst du vielleicht mithelfen, einen Fall zu lösen!"

"Hab ich doch schon! Deinen Fall!"

Junior unterbrach seinen Vortrag: "Das sollte auch für die Erstsemester dort hinten interessant sein, denke ich."

"Erzähl's mir später, und jetzt pass auf! Kannste was lernen."

Tatsächlich packte der Knochenmann einen blauen Müllsack aufs Pult, so einen Sack, in dem Spaziergänger immer die Leichenteile finden. Fabian war das noch nie passiert, und er ging gern und oft. Manches wurde einem offenbar nachgetragen.

Eine Folie wurde ausgebreitet und ein Setzkasten, 3 x 3 Meter, auf vier Stühle gestellt.

"So. Jetzt seid ihr an der Reihe." Junior wechselte zum Du, denn er gab jetzt was von sich preis. Er öffnete den Sack und leerte ihn auf die Folie aus. Es klirrte leise, wie wenn man einen Haufen Legosteine umrührt. "Alles von der Fundstelle. Bitte sortieren Sie jetzt!"

Blitzartig waren dreißig Hände dabei, den Knochensalat zu wenden. Viel zu spät warfen die Assistenten einen Haufen Einmalhandschuhe aufs Pult. Die meisten fanden den Kontakt mit dem Menschenmulch prickelnd. "Oh" und "Ah" und "Schau mal, das dritte Fingerglied!" Melanie erhob sich, um mitzumischen, aber Fabian hielt ihren Arm.

"Ich bin nicht hergekommen, um Leichen-Lego zu spielen. Würden Sie mir bitte eine halbe Stunde Ihrer wertvollen Sudienzeit widmen?" Mel warf ihm einen stahlblauen Blick an den Kopf.

"Fass mich nicht an, Glatzkopf. Ich gehe, wohin ich will." Sie war schon auf dem Weg nach vorne, als sie sich umdrehte und ihn anstarrte: "War nicht so gemeint. Das mit der Glatze. - Rot steht Ihnen übrigens ganz gut, Herr Fabian W. W wie Wikinger. - Komm, ich lad dich ein."

Sie drückten sich an der Sortierergruppe vorbei dem Ausgang zu, als Pi hereinstürzte und den Saal scannte. Junior Ulf war sich nicht zu schade für eine Bemerkung: "Gegen die Sextanerblase kann man heute etwas tun, Herr Leibniz." Pi schluckte und sagte:"Die Sextaner heißen seit dreißig Jahren Fünftklässler. Was Sie meinen, ist Inkontinenz. Dagegen kann man auch was tun, Herr Professor. Wenn man's nötig hat." Fabian ging in Deckung und entschwand mit Melanie.

"Du musst das verstehen. Chemie ist der Killerkurs. Damit sieben sie im ersten Semester die Luschen aus. Alleine schaff ich das nie!"

"Ich kann dich abhören", sagte Fabian und stellte das abgenutzte graue Tablett auf einen fast freien Tisch in der Cafeteria.

"Heb noch mal an", sagte Mel und raffte dann einen Festmeter Altpapier vom Tisch, den sie auf einem freien Stuhl ablegte.

"Nett habt ihr's hier", sagte Fabian.

"War deine Idee. Ich gehe meistens in die Brasserie vom Hyatt."

"Wer hat, der hat."

"Das zahl ich vom Pfand, den sie hier für die fleckigen Becher kassieren.- Was ist nun, dass du mich mitten aus einem Fall rausholst? Ulf ist da eh so empfindlich."

"Auch andere Menschen haben eine sensible Seele. Brauchen Ansprache. Zuwendung."

"Noch was?"

"Gelegentlich. Immerhin verdinge ich mich wie ein UN-Inspekteur auf dem Trümmerfeld deiner Vergangenheit. Sorge für Ordnung, frisches Wasser und ein Ende der Plünderungen."

"Siehst du das so?"

"Auf solche Sätze komm ich nicht spontan. Da ist was dran. Und wenn ich dann zur Berichterstattung anreise, möchte ich gerne, dass du mir zuhörst."

"Du hast Recht. Aber ich auch. Es ist einfach alles schon so weit weg, weißt du."

"Vier Autostunden."

"Lichtjahre."

"Blut ist dicker als Wasser."

"Was soll denn der Spruch? Bestenfalls ja wohl missglückte Chemienachhilfe. Schlimmstenfalls willste mir jetzt meine Mama ans Herz legen."

"Du, wir verstehen uns manchmal richtig gut, Frau Sternfeld und ich."

"Schön für euch. Was hat das mit mir hier zu tun? Gar nichts, Herr Fabian Fliege. Schwirr ab, wenn du mir nur ein schlechtes Gewissen einreden willst."

"Wollte ja nur erzählen, wie es so geht mit ihr."

"Lass mal stecken. Hab schon einen Vater, der mir viel erzählt."

"Und wie geht es ihm?"

"Gut."

"Ja. Dann." Er zog sein Portemonnaie aus der Tasche. Einen klein gefalteten Ausschnitt aus dem Oberbergischen Anzeiger reichte er Melanie. "Da."

Melanie las. "Was soll ich beim Obstbaumschnittseminar?"

"Dreh's um."

Mel warf einen Blick auf die Schlagzeile und das Foto, das den Heiratsschwindler C. Bauschulte zeigte: "...trieb auch in Oberberg sein Unwesen...reiche Beute..sollen sich melden..."

"Fein." Mel faltete das Blatt zusammen und gab es ihm zurück. "Er hat mit Sicherheit nie von Heirat gesprochen. Für solche Typen gibt's noch gar kein Wort. Aber Danke fürs Mitbringen. Ein Gruß aus der Heimat."

"Ich komm auch drin vor. Abstoß hat mich lobend erwähnt."

"Prima, Matula. Der Fall ist abgeschlossen. Und jetzt die Werbung!"

"Na schön. Sollst du haben." Fabian stand auf und stieg auf den Stuhl mit dem Papierstapel. Mel sah sich um. Nur gut, dass sie niemand kannte.

"Palim palim!" Fabian rief mit einer lauten Pro-7-Werbestimme. "Neu! Summa cum laude - die Essenz für ein glückliches Leben. Gewonnen aus den besten Hörsälen der Welt, aus Harvard, Cambridge, Paris und Ulm. Einfach auftragen. Zwei Tupfer hinters Ohr, und alle anderen gehen Ihnen am Arsch vorbei. Hauptsache Sie! Der Schein bestimmt das Bewusstsein! Lieber erfolgreich und einsam als ein Looser unter lauter Luschen. Summa cum laude. Und Sie werden niemals ausgesiebt." Er war sehr laut geworden. Das Letzte hatte er fast gesungen. Dann stieg er vom Stuhl. "Danke für den Kaffee." Und ließ Mel sitzen.

Sie sprang auf und kippte ihren Kaffeerest über den Tisch. "Scheiße!"

"Ich mach das schon", sagte ein winziger Brillenjüngling. Als Melanie sich bedankt hatte und zum Ausgang lief, krallte er sich die Becher und holte sich zehn Euro Pfand, während die hellbraune Brühe sich ausbreitete.

Fabian brauchte, suchte und fand Bewegung. Er griff eine knallgelbe Frisbee aus der Luft und strahlte alle vier Scheiben-Mädels gleichzeitig an. Er warf die Scheibe gut gezielt und sehr geradlinig.

Plötzlich waren es fünf Werferinnen: Mel hatte sich eingeklinkt. Fabian rief: "Achte lieber auf die Röhrenknochen!"

"Nächste Woche wieder, Wikinger. Habe jetzt Besseres zu tun. Hab ich doch tatsächlich..." Die Scheibe sauste ungehindert an ihr vorbei. Sie musste weit laufen, kaum aus der Puste. "...Besuch aus dem Bergischen bekommen."

Fabian rief: "Frisbee ist wie Leben. Du musst immer in Bewegung bleiben, alles im Blick haben. Aber auch mal einen fliegen lassen."

"Oh mein Guru", gab Mel zurück, zusammen mit einer knallgelben Plastikscheibe, die meilenweit hinter Fabian Guru ins Gras fiel.

"Schön, wenn ihr uns auch mal mitspielen lasst, ihr zwei!", rief eines der anderen Mädchen. Melanie machte einen Knicks, Fabian verbeugte sich und dann gingen sie auf gerader Linie quer über die Wiese. Sie mussten über Thermoskannen, Decken und einen Gasgrill klettern. Fabian strauchelte, weil er an einem Rucksackband hängenblieb. Mel reichte ihm die Hand, sonst wäre er gestürzt. Sie gingen weiter, und Fabian ließ Mels Hand eine Sekunde später los, als es nötig gewesen wäre. Sie warf ihm einen prüfenden Seitenblick zu und sagte: "Wikinger."

"Heidschnucke", sagte er.

"Das nimmst du zurück!", lachte sie.

Mels Zimmer lag in der Ensingerstraße und war nur eine halbe Stunde Fußweg von der Uni entfernt. Ein Weg, den sie gerne machte und auf dem ihr die besten Ideen für ihre Studien kamen.

"Wir fahren mit meinem Auto", bestimmte Fabian.

"Das riecht bestimmt noch streng, Ex-Schäfer."

"Riecht tierisch, stimmt. Nicht so formalinmäßig wie in deiner neuen Umgebung. Aber du wirst es mögen, wetten?"

"Du hast manchmal eine Art..."

"Ich weiß. Man muss mich mögen, sonst ist es nicht auszuhalten."

Das Auto stand an einer Sackgasse hinter dem Hauptgebäude der Uni. Die Seitenfenster standen halb offen. "Hast du keine Sorge um dein Radio?"

"Da kommt schon nichts weg. Kannst ja mal versuchen, es auszubauen."

Plötzlich begann das Auto zu wackeln wie eine begabte

Bauchtänzerin. Ein freudevolles Jaulen drang aus den Fenstern. Dann steckte Philos seinen Kopf so weit es ging durchs Seitenfenster, seine Zunge voran. Er wollte bellen, aber das ging in dieser Lage nicht so richtig.

"Nun mach schon die Tür auf, Mel", sagte Fabian.

Melanie hätte gerne gezögert, hätte gerne gezeigt, dass sie immer noch gekränkt war. Sie konnte nicht. Riss die Beifahrertür auf, breitete die Arme aus und wäre sicher von ihrem Hund umgeworfen worden, wenn Fabian sich nicht mit aller Kraft gegen die beiden gestemmt hätte. So bekam er unfreiwillig eine ganze Menge von der feuchten Zuwendung mit, die Philos reichlich austeilte.

"Man muss ihn mögen, stimmt's?" sagte er in Melly linkes Ohr. Sie konnte ihm nicht antworten. Sie war ganz und gar mit Lachen und Weinen beschäftigt.

*

"Studentenbude würde ich das nicht nennen." Fabian trat auf den kleinen Balkon, der nach hinten raus ging und den Lärm der Straße vergessen ließ. Statt dessen sah man auf eine kleine Rasenfläche, die von allen Seiten mit Rhododendren umstanden war. Nirgends fand sich eine gerade Linie. Einen Kantenschneider brauchte man hier nicht. In der hinteren Ecke lud eine Bank zum Studieren unter freiem Himmel ein.

"Ich hab nichts von Bude gesagt. Kaffee oder Tee?"

"Tee, gerne schwarz. Darfst du den Garten mitbenutzen?", rief Fabian in Richtung der winzigen Küche.

"Ja, darf ich. Frau Koebner ist sehr nett." Philos wich keinen Zentimeter von ihrer Seite. "Wir werden sie fragen, ob du hier wohnen darfst, ja?"

Fabian dachte, dass er vielleicht Spaß am Studium gefunden hätte, wenn er nicht in einem vergitterten Hinterhof-Loch hätte hausen müssen. Anfangs hatte er es noch passend gefunden. In der Zeit, als er die Welt noch retten wollte. Als er dann den Schimmel hinterm Bett entdeckte und kaum noch Luft bekam, war ihm die Welt schon ziemlich egal geworden. "Was macht ihr da ab? Der Hund ist medizinisch wertvoll. Er ist sozusagen unabkömmlich."

Melanie hörte gar nicht richtig zu.

Er kam ins Arbeits- und Wohnzimmer. "Findet man sowas in Ulm auf dem Sperrmüll?" Vorsichtig fuhr er mit der Hand über die poliere Arbeitsfläche des Schreibtischs. "Mahagoni, stimmt's? Kenn ich nur als Oper von Brecht."

Melanie hatte den Tee auf ein Tischchen gestellt, Milch und Zucker in Kristallgefäßen, die ziemlich alt aussahen. "Die Sperrmüllsachen stehen noch im Keller. Kannst du was gebrauchen? Sind ziemlich kultig, echt! Der Rattanschaukelstuhl ist noch da. Musst du aber aufpassen, man reißt sich leicht die Klamotten dran kaputt. Mit ein bisschen Isolierband kriegste das hin. Ein komplettes Jugendzimmer, Baujahr 1961, mit Klappbett. Die Aufkleber kannste mit Terpentin entfernen. Aber vielleicht bist du ja auch Schalke-Fan. Zwei Böcke und die Küchenarbeitsplatte zum Schreiben sind leider schon weg. - Tut mir Leid, wenn es hier nicht so ist, wie du es gewohnt bist."

"Ich bin ein ziemlicher Trampel manchmal."

"Ach!"

"Wollte sagen: Nett hast du es hier. Wirklich. War nur ...."

"Überrascht?"

"Ja."

"Da haut so ein Mädel bei Nacht und Nebel von zuhause ab, mit einer Wagenladung Gerümpel, und dann hat sie sich so eingerichtet!?"

Sie tranken ihren Ostfriesentee mit zwei großen Kandisstückchen.

"Ich hör das so gerne knistern, wenn der Tee auf den Zucker trifft", sagte Melanie.

"Und ich find's lecker, wenn er erst mit dem letzten Schluck so richtig süß wird", gestand Fabian. "Wir reden wie in der Werbung."

"Nicht schon wieder, bitte. Du guckst zu viel Fernsehen."

"Übrigens..."Er sah sich um.

Melanie schüttelte den Kopf. "No TV. Zeitvernichter."

"Aber Technikfeindin bist du nicht geworden", stellte er fest, erhob sich und klappte ein Notebook auf, das auf dem Schreibtisch lag. "Ich hab dir das Gerät aus Bauschultes Konkursmasse mitgebracht. Hab extra die Tastatur mit Spiritus gereinigt. Weißt du, wieviel Tasten sowas hat? Ist ja dann wohl nicht mehr nötig."

"Platte formatieren und verkaufen", sagte Mel. "Du brauchst sowas nicht. Oder?" Sie machte eine Pause. Fabian reagierte nicht auf die Spitze. "Erzähl mir von Juro."

"Feuerteufel schmoren in der Hölle. Da fühlen sie sich zuhause", sagte Fabian.

"Nachtragend?"

"Du nicht? Freut mich zu hören...." Fabian grinste. "Ach was, Kinderkram. Mach dir um den keine Sorgen. Auf dem Transport ins Heim ist er abgehauen, weil er sicher abgeschoben worden wäre. In Hardberg ist er gelandet. Hat wohl deine Nähe gesucht oder was weiß ich. Rätselhafter Knabe. Die schmucke kleine Kirche hat große Türen. Kirchenasyl! Ich hab ihn mal besucht da. Repariert die Fahrräder der ganzen Gemeinde. Der fällt auf die Füße. Hundert Pro. - Die Bänke und die Empore brennen bestimmt wie Zunder."

"Manchmal weiß ich nicht, woran ich bei dir bin. Was hast du gerade gemeint mit medizinisch wertvoll? Verhökerst du meinen Hund für Tierversuche?"

"Traust du mir sowas zu? Na ja, wenn ich es mir so überlege - eigentlich keine schlechte Idee." Dann erzählte er Mel von seinen Besuchen bei ihrer Mutter und von der Pet-Therapie. Melanie hörte schweigend zu. sie sah Pholos an, er sah sie an. Sie wollte widersprechen.

"Da wirst du demnächst weite Strecken fahren, Philos. Von hier nach Neuenahr und zurück, jede Woche." Philos fiepte, verstand nicht. Es klang nach Abschied, irgendwie. "Mama ist auf dem Weg in die Demenz. Erkennt sie dich überhaupt?""

"Nicht immer", antwortete Fabian für Philos. So jedes zweite Mal vielleicht."

"Ich werden diesem Psychologen schreiben und ihn fragen, ob die Pet-Therapie nicht auch mit einem anderen Tier funktionieren wird."

"Mach das. Kein Problem. Ich leih mir'n Schaf aus."

"Werd jetzt nicht albern. Ich meine es ernst."

"Ich auch. Ich meine ernsthaft, dass ich dich gerne jede Woche mal besuchen würde. Wollten wir nicht Chemie zusammen büffeln? Erst die Base, dann die Säure - sonst geschieht das Ungeheure!"

"Vergiss das mit Chemie. Ich brauch da echte Unterstützung. Aber die Sache mit Philos können wir probieren. Vier Wochen. Dann entscheide ich neu, klar? Und den Brief an die Klinik schreib ich gleich heute. Sicher ist sicher."

"Dann sehen wir uns nächsten Dienstag. Bis dahin wird ich mich mal in der Anorganischen schlau machen. Wollen wir doch mal sehen."

"Eifersucht ist ein starkes Motiv, stimmt's?" Mel grinste. "Tu, was du nicht lassen kannst."

Fabians Blick fiel auf ein Plakat neben dem Bücherregal. Hinter Glas und in edlem Rahmen aus gebürstetem Aluminium. Es zeigte sechs stilisierte, ziemlich kantige graubraune Mäuseköpfe mit spitzbübischem Grinsen. Jede kniff auch noch ein Auge zu. Angedeutet dahinter eine Arena . Spitzlichter aus sechs Scheinwerfern lenkten den Blick über die Tiere nach unten zum feuerwehrroten Text: "Magic Mel präsentiert: Holidays with Mice!"

"Man kann richtig sehen, wie du jetzt nachdenkst", sagte Melanie. "Jedes einzelne Rädchen. Das geht bestimmt nur, weil deine Haare noch so kurz sind."

Er hatte nicht zugehört. Sein Mund war aufgeklappt. Die Teetasse in seiner Hand senkte sich ganz langsam.

"Denk doch laut, dann sag ich dir, ob du richtig liegst."

"Deine Mäuse? Sie leben noch?"

"Ja."

"Hier?" Er rutschte vorsichtig hin und her.

"Bei Frau Koebner unten, meistens. Du kennst sie ja. Man weiß nie genau. Sie kümmert sich ganz reizend."

Fabian schluckte. "Du bist Magic Mel?"

"Hast du doch schon lange gewusst. Oder?"

"Na ja.... schau mich mal an.... Bisschen unheimlich warste mir schon manchmal. Also zweiter Punkt an mich.- Du hast die Viecher - dressiert?"

"Falsch. 1 Minuspunkt. Die konnten das schon."

"Konnten bitteschön was schon?"

"Komm mal mit."

*

Frau Koebners Tür stand offen. "Sie schließt fast nie ab", sagte Melanie und klopfte.

"Nur herein, ihr Zwei!" Frau Koebner hatte lebendige Augen, die immer ein wenig zwinkerten. Sie war vielleicht Mitte vierzig, trug eine enge Jeans und ein Ringelshirt, das sie jünger aussehen ließ. Mel machte sie mit Fabian bekannt.

"Hab schon einiges gehört von Ihnen, Herr Weber."

"Nett, dass sie mich trotzdem reinlassen", sagte Fabian.

Frau Koebner sah ihn von der Seite an und Fabian meinte, sie zwinkern zu sehen. Aber das tat sie wohl immer.

"Tee habt ihr ja schon getrunken. Dann können wir wohl, oder?" fragte Frau Koebner.

"Ihr bleibt nichts verborgen, musst du wissen", erklärte Melanie dem Begleiter, der sich nach Kameras und Monitoren umsah, aber keine entdeckte.

"Sie übertreibt, keine Sorge", sagte Frau Koebner. "Ich stamme aus Leer. Tee rieche ich über drei Stockwerke. Und was Melanie mit Ihnen bei mir will, ist nun wirklich nicht schwer zu erraten." Damit wandte sie sich ab und verließ die Wohnung, die beiden hinterdrein.

Sie führte sie in einen Partykeller. "Unsere Elchstube", erklärte sie. "Als mein Mann noch hier lebte, waren wir oft in Norwegen." Ein Bronze-Elch auf der Theke, ein straßequerender auf einem Poster, ein ausgestopfter staubiger Elch an der vertäfelten Stirnseite, Elch-Bierdeckel.

Nur die Mäuse waren keine Elche.

"Das hat Frau Koebner alles selbst gemacht!" Melanie kniete vor dem riesigen Tisch, auf dem ein kleines Dorf mit Marktplatz, Brunnen, Rathaus und Kaufläden entstanden war. Alles bestand aus Ästen und Rindenstückchen. Der Brunnen war schon ziemlich klein geworden.

"An dem dürfen sie herumknabbern. Ist ja so eine Art Zahnpflege. Aber alles andere behandeln sie sehr sorgsam."

In der Ecke stand eine Kühltruhe, so groß, dass sie auch im Leichenschauhaus gebraucht werden könnte. Sie fast komplett überklebt mit Norwegen-Stickern. "Wenn Sie mal mit anfassen wollen, junger Mann?" Fabian folgte ihr und sah erst einmal nichts Besonderes, als sie die Truhe öffnete. Eine weiße Fläche, 1,80 mal

0,60 Meter.

"An der Schmalseite packen", sagte Frau Koebner. Fabian griff zu, fühlte und sah dann den schmalen, etwa acht Zentimeter hohen Rand um die Platte, die zentimeterdick mit Eis bedeckt war.

"Schwer!", sagte Frau Koebner. "Und kalt. Auf den Tisch damit. Gerade halten, sonst reißt es. Melly, Spot on!"

Melanie knipste die Lampe über dem schweren Holztisch an, eine dreiflammige Schöpfung mit zwei geschnitzten Elchen (röhrend). Alles andere Licht wurde gelöscht. Die Eisplatte sah jetzt aus wie eine Eishockey-Arena mit Bande und Bandenwerbung. Frau Koebner hatte an der winzigen Umrandung winzige Skandinavien-Plakate angedeutet.

Melanie trat zum Mäusedorf. Dort standen, der Größe nach von links nach rechts geordnet, sechs Mäuse in Erwartung auf dem Marktplatz. Mel nahm aus einer kleinen Glasschüssel ein paar Metallhäkchen, die auf den ersten Blick wie winzige Büroklammern aussahen, mit dünnen Fädchen dran.

"Es hat lange gedauert, bis ich drauf gekommen bin", sagte sie. "Juro wusste es schon lange. Er hat mich drauf gebracht. Hartnäckig ist er ja. Und jetzt bitte Ruhe, Herrschaften. Unsere Artisten sind hochsensibel!"

Noch während sie sprach, hatte sie die ersten Haken an den Mäusepfötchen befestigt. Die Tiere streckten dazu ihre Beinchen hilfreich aus. Fabian starrte ungläubig hin.

"Du willst mir nicht erzählen..."

"Psst! Hoch-sen-si-bel hab ich gesagt! Aber du weißt ja nicht, was das heißt. Also bitte: Ruhe jetzt. Nix erzähl ich. - Kapellmeister? Musik, bitte."

Frau Koebner hatte irgendwo eine CD aufgelegt.

"Allez hopp!" rief Melanie und klatschte vor Vergnügen in die Hände.

Die Truppe hatte etwas Mühe, mit ihren Schlittschuhen die Bande zu überwinden, aber dann war kein Halten mehr: Lange Bögen, Pirouetten, Sprünge in einer Geschwindigkeit, dass Fabian nicht mehr mitkam. Gleichzeitig harmonierten die Bewegungen auf das Erfreulichste mit der Musik von Fats Waller.

"Pass auf, gleich macht Fred den Oppacher!"

"Fred? Du kennst sie mit Namen?"

"Am Anfang sahen sie für mich alle gleich aus, Fred, Hans, Gabriel , Juro, Cicero und Alice."

"Ich sehe nur fünf!"

"Alice hat Probleme mit dem Rittberger. Sie ist schwanger und darf nicht auftreten. Jetzt! Haste gesehen?! Der Oppacher!"

"Klingt wie eine Weinsorte."

"Wovon verstehst du eingentlich was?" Sie klatschte zweimal in die Hände. "Nun kuck genau hin: Anlauf und Absprung mit dem rechten Fuß vorwärts einwärts, nach 1 1/2 Drehungen Landung rückwärts auswärts auf dem Absprungbein. Eigentlich isses ein anderthalbfach-Rittberger. Gabriel kann ihn auch über links!"

Das Orchester hob an zur Kadenz. Das ganze Minispektakel endete in einer formvollendeten Verbeugung der auf ihren Hinterbeinen stehenden Nager.

Fabian klatschte wie ein Kind, wenn der Kasper das Krokodil versemmelt.

"Zuerst waren wir auf einem historischen Markt. War nicht so einfach mit dem Eis draußen. Aber die Leute standen Schlange, stimmt's, Frau Koebner?" Melly siezte ihre Vermieterin immer noch, obwohl sie schon so viel zusammen erlebt hatten. "Dann kam ein Vertrag mit dem Charivari, so eine Kulturkneipe. Aber der Zigarettenqualm dort hat ihnen gar nicht gefallen. Wir wurden anspruchsvoll. Von da ins Congress-Centrum mit Videoleinwand ging es ziemlich schnell, nachdem wir hier in der Presse herumgereicht worden waren."

"Danach hat Frau Sternfeld ihre...äh... etwas angejahrten Möbel in den Hof gestellt. Ist doch jetzt richtig hübsch bei ihr geworden, oder? Finden Sie nicht auch, Herr Weber?"

"Durchaus geschmackvoll, glaube ich." Mehr mochte Fabian dazu nicht sagen.

"Schade." Frau Koebner seufzte.

"Was ist daran schade?" fragte Fabian.

"Sagen Sie es ihm selbst, Melanie. Ich find's zu traurig."

Fabian sah Melanie an.

"Frau Koebner möchte, dass ich damit weitermache. Da waren neulich welche vom ZDF bei uns. Es geht richtig los jetzt. Aber ich möchte nicht."

"Haste Ärger mit dem Tierschutzverein?"

"Auch. Aber nicht deswegen. Das machen die Anwälte. Ich will studieren, Fabian. Ich bin keine Mäusedompteurin. Mich interessieren Verbrechen, Leichen, Knochenfunde!"

"Ich hab noch in der Küche zu tun. Futter vorbereiten", sagte Frau Koebner. "Macht bitte das Licht aus, wenn ihr fertig seid." Ihre Stimme klang belegt und matt.

"Knochen, Leichen und Verbrechen. Ich weiß nicht, ob ich dich bekloppt oder bewundernswert finden soll", sagte Fabian beim Aufräumen. "Das ist so, als wenn du eine Riesenerbschaft ausschlagen würdest."

"Genau so ist das, Fabian. Stell dir vor, du erbst ein Riesenschloss. Alles ist easy, du hast nur die Auflage, es in Schuss zu halten. Und vor lauter Klinkenputzen und Personal beaufsichtigen und Teppichfransen glätten kommst du nicht mehr dazu, dein Leben zu führen."

"Aber das wäre dann halt mein Leben!"

"Teppichfransen kämmen? Du, ich will mein Leben nicht erben, ich will's führen. Gestalten. - Wenn du Juro nochmal besuchst, bring ihm die Tiere. Damit er ein Auskommen hat. Ich frage Frau Koebner, ob sie ihm helfen möchte. Gegen Beteiligung."

"Hey, als Assistentin im Glitzerbody!"

"Du hast ziemlich viele schiefe Bilder im Kopf. Das geht auch, ohne sich lächerlich zu machen. - Und noch etwas: Ob du mich bewunderst oder bekloppt findest, ist mir nicht wichtig. Du gehst deinen Weg. Ich gehe meinen."

"Nimmst du mich ein Stück mit?"

"Erst mal bis nach oben."

"Das ist doch mal ein Wort. Der Tee ist sicher noch warm."

Sie versorgten die Tiere, machten das Licht aus und schlossen die Tür. An der Treppe stellte Melanie ein Bein quer auf die erste Stufe, so dass Fabian nicht daran vorbei konnte. "Allez hopp!" rief sie.

"Vorsicht", sagte Fabian, ich gehe über Leichen!"

"Da haben wir ja wenigstens etwas gemeinsam."

Impressum

Herausgegeben im KDP-Programm bei Amazon

Autor: Michael Möller, 51580 Reichshof

6069218R00097

Printed in Germany
by Amazon Distribution
GmbH, Leipzig